嶺南風土叢書

廣府風俗歌謠

附《粵謳》二十四首

林維迪 著

中華書局

目　錄

序：「粵俗好歌」與南國風謠

廣州是一座古老而美麗的城市，建城至今已有兩千二百多年的歷史。它北靠五嶺，南臨伶仃洋，「眾水匯於前，群峰擁於後」，據有水陸交通之便。真正是地靈人傑，民淳俗美。

所謂近山則獷，近水則柔，廣州是獷悍與柔情兼而有之，形成了許多具有強烈地方特色的多姿多采的民俗文化。根據史料記載，以粵歌和粵調為例，其曲目繁多，粵歌就有攔門、坐堂、送花、打糖梅、採茶、踏月、拋吊、跳禾、師童以及秧歌、月歌、踏歌、歌仔等等；粵調有摸魚歌、鹹水歌、瞽者小唱、龍舟、粵謳等等。此外，還有板眼、南音、喊歌、童謠，婚俗歌中的開嘆情、題四句、鬧房歌等。至於說到小調、小唱、勞動號子諸歌種，更是數不勝數了。

由此可見，歷代的廣州城都是「粵」的中心，就廣義而論也是「粵」文化的發源地和傳播點，它吸收了粵各地的土著文化而又影響了粵各地的俗文化，從而形成了廣州自己獨特的俗文化和俗文學。

以歌傳情，以歌言情，廣州城的歌聲滿城，這也是廣州民俗文化的表現，「粵俗好歌」成為歷代聞名遐邇的特色。這些市井之曲、街巷之歌的俗唱，從各個方面反映了以廣州為中心的珠江三角洲地區的鄉土人情、世俗風貌，比如傳統節日、婚俗、喪俗和社會的交際、交易習俗等。

但是，由於歷史的原因，許多廣州「風俗韻文」已經失傳，或瀕於湮沒。基於這樣的情況，目前對這些「風俗韻文」作蒐集和整理，意在保存資料和提出問題，以引起行家和廣大讀者的注意，還是有其意義的。本書實在是一塊磚，不夠的和錯誤的地方在所難免，以索玉言指正。

一　伴你成長的童謠

童謠的歷史非常悠久，遠在帝堯時代就已經出現，以後歷代亦均有記載。從史書上看，童謠常與當時的重大事件相關，帶有預兆性，如隋唐之交流行的童謠：「楊花落，李花開」，就被認為是預言楊隋王朝的沒落與李唐的興起。

流行於珠江三角洲地區的，主要是用廣府話傳唱的廣州童謠，它反映現實，常常抒發民衆的心聲，吐露出民衆的喜悅和怨恨，尤其反映舊時代婦女的呼聲，對兒童往往起着很實際的啟蒙教育作用。

1 搖籃曲

可以這樣說，舊日的兒童大都是伴隨童謠的吟唱聲而成長的。在襁褓的時候，他們就在搖籃裏或是在母親的懷抱裏，聽她輕輕地哼着這樣的歌謠：

嗳[1]姑[2]乖，嗳大姑仔嫁後街；

後街有哋[3]乜嘢[4]買，

有哋鮮魚鮮肉買；

鮮花戴，戴唔晒，

丟落牀頭畀[5]個老鼠拉；

一拉拉到去大新街[6]，

大新街有哋乜嘢買；

有哋鮮魚鮮肉買，

鮮花戴，戴唔晒，……

或者這樣唱：

嗳姑乖，嗳姑大；

嗳姑大嚟嫁後街；

後街又有鮮魚鮮肉賣，又有鮮花戴；

1　嗳：象聲詞。

2　姑：小姑娘，泛指嬰孩。

3　哋：的。

4　乜嘢：什麼東西。

5　畀：給。

6　大新街：路名。

戴唔晒，丟落牀頭被老鼠拉；

拉去大新街，

大新街有人打醮；

跪落牀頭攞飯焦，

攞到飯焦又冇晒；

買魚買肉買隻大蝦公，

蝦公跌落鑊；

仔爺仔㜺蔑[1]蝦殼，

蔑到筲箕零一大鑊。

蝦殼頭似竹殼，蝦尾似木鏊。

如果小孩子不想睡覺的時候，這樣唱：

嗳姑乖，嗳姑眠；

嗳姑唔眠大覺先；

先得阿姑一身藤條痕，

眼淚唔乾又去眠。

等到小孩子學走路的時候，媽媽牽着他的手又這樣

1　蔑：剝。

吟唱着：

行，行，行，
行到街邊拾個橙，
橙好食，路好行。

小孩子有時任性，哭喊起來，童謠又這樣唱道：

秋蟬喊，荔枝熟；
阿婆喊，買豬肉；
大人喊，俾滾水淥；
細蚊仔（即小孩子）喊，俾米升焗。

19 世紀通草畫《賣豬肉》

2 啟蒙歌謠

隨着小孩子一天天的長大，他對外界的接觸也日漸增多，各種內容的童謠，也從各個不同的角度對兒童進行認識週圍世界的啟蒙教育。

首先是模仿各種動物的叫聲：

一更天，想睡眠，
昨晚媽媽聞乜叫？
蚊子叫，蚊子怎樣叫？
蚊子嗡嗡、嗡嗡、嗡嗡叫，嗡嗡叫，嗡嗡叫。
二更天，想睡眠，
昨晚媽媽聞乜叫？
老鼠叫，老鼠怎樣叫？
老鼠吱吱、吱吱、吱吱叫，吱吱叫，吱吱叫。
三更天，想睡眠，
昨晚媽媽聞乜叫？
貓兒叫，貓兒怎樣叫？
貓兒咪咪、咪咪、咪咪叫，咪咪叫，咪咪叫。
四更天，想睡眠，

昨晚媽媽聞乜叫？
狗仔叫，狗仔怎樣叫？
狗仔汪汪、汪汪、汪汪叫，汪汪叫，汪汪叫。
五更天，想睡眠，
昨晚媽媽聞乜叫？
公鷄叫，公鷄怎樣叫？
公鷄喔喔、喔喔、喔喔叫，喔喔叫，喔喔叫。

還有說明各種事物特徵的：

月光光，照地塘；
年卅晚，摘檳榔；
檳榔香，摘子薑；
子薑辣，買菩達[1]；
菩達苦，買猪肚；
豬肚肥，買牛皮；
牛皮薄，買菱角；
菱角尖，買馬鞭；
馬鞭長，起屋梁；

1　菩達：苦瓜的別名

豐子愷《手分炒豆教歌吟》

屋梁高，買張刀；

刀切菜，買蘿蓋；

蘿蓋圓，買隻船；

船沉底，浸死兩個番鬼仔，

一個蒲（浮）頭，一個沉底。

認識各種植物的：

西囿菱角兩頭尖，

蓮子落塘擺八仙；

八仙擺開珍珠粒，

行下直落繡球橋；

金橘轉紅又轉綠，

龍眼變青又變黃；

慈姑半夜坐歌基，

坐到三更出告示；

龍眼過園採荔枝，

點着燈籠隨處照，

照見檳榔樹上掛珠簾。

前晚三更生個桂子，

昨晚落牀拾個荔枝；

荔枝叫，叫沙梨，
香橼指手鬧黄皮；
黄皮又鬧珠砂桔，
嚇得油柑碌[1]滿地，
嚇得西瓜落水泥；
白欖聽聞無地企，
風栗聞到又退皮；
蘋婆拍手只咿呀笑，
碌柚[2]扲[3]頭我不知。

或者吟唱這樣的一首：

家、家、家，去買瓜；
冬瓜有瓤，食黄糖；
黄糖有沙，食西瓜；
西瓜有核，食菩達；
菩達甘，食人參；

1 碌：滾動。
2 碌柚：柚子。
3 扲：扭動。

人參貴，食糯米；

糯米平，食到你瘦仔變肥仔。

介紹認識家禽家畜的：

姑丈擔凳孩兒坐，

孩兒坐落就劏雞。

雞會在門前喔喔啼，不如劏隻鴨；

鴨又嫌鴨毛多，不如劏隻鵝；

鵝又嫌鵝頸長，不如劏隻羊；

羊又嫌羊腳叉，不如劏隻馬；

馬會送君出埗頭，不如劏隻牛；

牛會耕田養人口，不如劏隻狗；

狗會東西方有人嚟都知，不如劏隻大貓兒；

貓兒又會捉老鼠，不如劏隻大肥豬；

肥豬會食主人三斗祿，主人食佢三舊肥豬肉。

介紹認識各種昆蟲的：

一隻歌仔甚新鮮，

灶蝦甲甴契同年；

又共蜘蛛借線絡，

又共蟾蟧[1]借盒添；
舂米公公担盒過，
又問蟾蟧担去邊[2]；
塘尾[3]自謝開盒睇，
睇見魚鱗共飯黏。

介紹認識各種水族的：

唱歌仔，好歌音，
唱出魚歌笑吟吟；
白魚仔，要去嫁，
蘋婆魚仔同佢做媒人；
鯽魚來到門口問，
問佢因何想嫁鯤；
你想嫁鯤真容易，
快請大眼魚共你擇日辰；
擇得明朝好日，你做新人；

1 蟾蟧：蜘蛛。
2 邊：哪裏。
3 塘尾：蜻蜓。

鯿魚咿喔擔櫈椅，
蛤蟆跳來喜欣欣；
長嘴金魚唔會喊，
鱇魚喊到眼邊紅；
鯇魚聽見來飲酒，
泥鰍扁嘴吹橫笛；
生魚打鼓向前行，
鯨魚蠢鈍不知聞。

從以上所列舉的童謠看，它的內容絕大多數都是有關兒童生活週圍的事物，從身旁的事物開始幼兒的啟蒙教育，不但考到教育對象的年齡特徵，並且具有一定的現實科學性。

3 遊戲歌謠

廣州童謠除了供單純吟唱外，有些是遊數中的兒歌。比如：

排排坐，食果果；

豬拉柴，狗燒火；

貓兒擔凳姑婆坐，

坐爛屎窟[1]咪[2]賴[3]我。

又：

鎅蓮子，鎅蓮塘，

鎅開蓮子愛何方。

何方何別處，東方東別來。

九月九，齊齊竪起手，

請個雷公來劈金花手銀花手！

遊戲是這樣玩的：小孩子排坐成一行，或者坐成一個圓圈，先選出一個人做遊戲的主持人。凡參加遊戲的人都唱歌兒，唱一個字，由主持者順次點一個人唱到最後一個字，點到誰誰就是受罰者。罰的方式是多種多樣的：有罰出來做主持的，有罰出來表演一個節目的，或者被罰出來停玩一次的，或者被罰出來猜「誰走過」的。

1　屎窟：：屁股。

2　咪：不，不要。

3　賴：硬說，推說。

19世紀通草畫《兒童遊戲》

猜「誰走過」是遊戲中的遊戲，被罰的人要蒙上眼睛，在他面前走過臨時扮演的小偷、盲人、啞巴、跛手、跛腳、冇牙婆等等；走過一個猜一次，一直到猜中時受罰才終止。在玩這個遊戲時，除了被罰者、公證人、扮演者外，其餘小孩則在整個遊戲過程中唱着這樣的一首童謠：

月光月白，鼠摸[1]偷蘿蔔；

1　鼠摸：即小偷。

盲公睇見，啞佬喊賊，
跛手打鑼，折腳追賊，
跛仔捉到，冇牙婆咬佢兩啖。

在各種遊戲中，有各種廣州童謠的吟唱：

點腳冰冰，男在南山；
鯉魚蝦公，牛蹄馬蹄；
是但[1]縮埋一隻爛臭豬蹄。

又：

點貓貓，貓婆寶，
問你捉豬又捉牛？
捉到黃牛三百兩，球揣球；
開花點豉油，一人夾住好行開。

又：

點至崩崩，崩崩在東；
鯉魚下涌，豬骨魚肋，
肋肋魚腮，時時縮埋一隻腳仔。

1　是但：隨便。

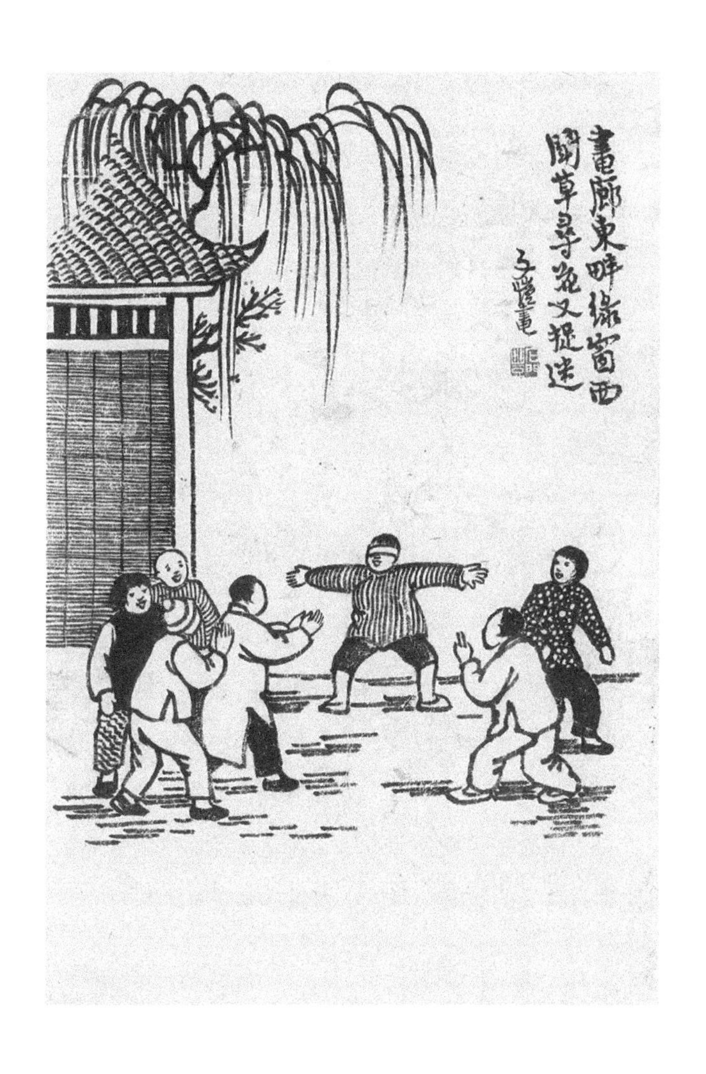

畫廊東畔綠窗西
鬬草尋花又捉迷
子愷畫

豐子愷《兒童遊戲圖》

這些都是集體遊戲時吟唱的。此外，還有的是母親和孩子兩個人玩耍時唱的：

點蟲蟲，蟲蟲飛，
飛去荔枝基；
荔枝熟，無定[1]僕[2]，
僕去阿X[3]個鼻鷌！

4 家庭社會歌謠

童謠的內容是非常豐富的，它為兒童打開了客觀世界之窗，不但有助兒重認識週遭事物的名稱、性質和習性，而且有許多還飽含着人們深刻的思想感情：有的是表示父母祈望、兒女私情、家庭情趣，有的是表示婦女呼聲、人間冷暖、禦外悲歌等。在這些通俗傳唱的兒歌裏跳動着時代的脈搏，所以不能說它是毫無意義的。

1 無定：沒有地方。
2 僕：蹲伏。
3 X：可代入孩子的名字。

在種種人際關係中，最基本的是父母與子女的關係。父母養兒育女百般辛勞，自然地會產生出對兒女相應的期望：

雞公仔，尾高高；
養兒養女唔好咁心粗。
心肝唔好唔記得父母嘅功勞。

有些童謠描寫父母的心情更加具體：

金燈盞，銀燈芯，
點歸房內照新人。

舊時廣州官員家庭生活

今年娶個新心抱，
明年生個狀元君；
外祖阿婆真架勢，
十埕黃酒九籠雞；
有個姨娘好手勢，
繡條孭帶十分威；
繡出兩邊牡丹藏月桂，
雙風朝陽映日葵。

兒女長大成人，男娶女嫁是自然而然的事情，童謠把這種男女之間的相思之情也反映出來：

老鴉老鴉，叫喳喳，
提籃進城賣香花。
一賣賣到大婆家，
又是扯，又是拉；
拉來拉去要吃飯，
風吹帳起看見她：
烏頭髮，白玉牙。
回到家裏對媽說：
「快用花轎娶來家！」

這首童謠，簡直就是一篇小小說，記敘和描寫都有了，並且刻劃了主人翁的迫切心情，說明了他的愛慕之深和迫切迎娶的心情。

有些童謠還描寫男女間互送定情物的：

香包一個薄微輕，
送來薄物我心誠；
今秋天寶排定賀喜，
紅箋女子，雁塔題名。

男女婚娶，是人們生活中的大事，歷來是受到重視的。童謠中有這樣的一首：

金欖核，兩頭尖，
大哥留妹過新年；
留來留去留唔住，
一頂花轎到門邊；
大哥打辦紅羅傘，
二哥打辦金鳳冠；
胭脂水粉三哥買，
腳踏花鞋四哥裝；

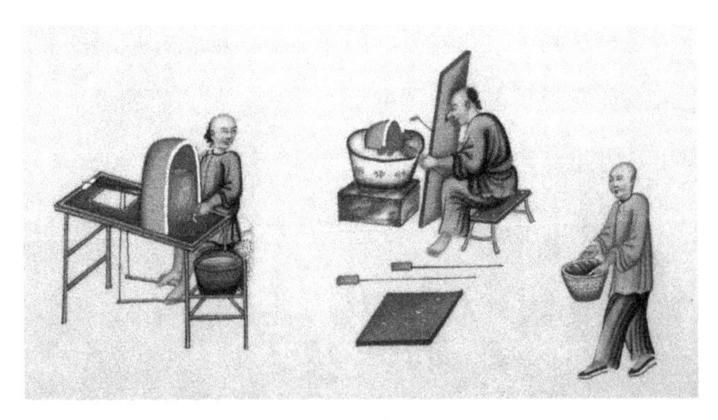

19 世紀通草畫《打手鐲》

五哥便買廣州箱，

綠檯綠椅六哥裝；

七哥便買潮州槓，

八哥便買象牙牀；

九哥便買猴子箱，

十哥四邊珍珠掛滿象牙牀；

十個阿哥，十個阿嫂，

十個兵馬伴姑娘；

行到橋頭燒炮仗，

邊個夠佢咁鬼響？

從家庭生活的角度看，有兩件事情是很重要的，

展示嫁妝

一是生兒育女，二是夫妻關係。童謠也反映了這方面的情況：

順風順水過沙灣，
逆風逆水過河南；
河南有間金花廟；
嬸妊大姊求仔生；
許落鷄卵和鴨蛋，
個時生仔個時還。

這首童謠所說的，當然是一種迷信，但是，請不要責備，因為在舊社會裏一個婦女在家庭中的地位，常常與她有沒有生育，或者是不是生個男孩子有着密切的關係。那種希望自己能夠生個男孩子的心情，是人們所能理解的。

但是，話又說回來，即使有了兒女，舊時代的婦女也不一定能夠徹底改變她的家庭地位，甚至對丈夫來說，也不一定爭得一個和諧的夫妻關係；有時是妻怨夫，有時夫嫌妻。廣州童謠也把這種夫妻關係中的怨恨、嫌棄的感情吟唱出來了：

一隻花碗打爛十三邊，
我爹出外十三年；
我未落牀爹就去，
梳起盤龍[1]爹未歸；
人爹賺錢打扮女，
我爹賺錢打扮路頭妻[2]；
保佑路頭妻死晒，
等我爹早去早回歸。

又如：

月光光，照地塘，
照見廣東白米行；
頭髮又長，花粉又香，
點得我個嬌妻同佢一樣？
熱茶淘飯透心涼！

1　盤龍：一種髮髻。

2　路頭妻：同居者，非結髮夫妻關係。

不過，幸好不是所有的家庭都是那樣的。還有另一種家庭清景，這種情景流露出和睦、勤儉的家庭情趣：

白欖仔，暗暗香，
大哥買歸阿嫂嚐，
阿嫂唔嚐畀過細姑娘；
細姑娘得食隨街唱，
果然大嫂疼姑娘。

落大雨，水浸街，
阿哥擔柴上街賣，
阿嫂教我做花鞋；
花鞋花腳帶，
一串珍珠兩邊排；
有錢打對鈴啉鼓，
冇錢打個石榴牌。

生活本身是多樣的、多色彩的，但亦有許多的痛苦和不幸，而在舊時代最苦的莫如婦女了。有的童謠為婦女的不幸與不平大聲疾呼，表達了她們心頭的憤恨。試看下面幾首：

其一

麻車瓜[1]，石厦劉[2]，

竹園涌，大步頭，

前世唔修嫁着蓮洲[3]，

蕃薯芋仔無一頭[4]。

切七板，衆人聞，

父母無錢賣女身；

賣去別家和別處，

賣去溫家做賤人！

熱菜熱飯冇得食，

凍茶凍飯被我鑒沙吞[5]，

琴晚[6]膽骨[7]膽到二三更，

1　麻車瓜：麻車，增城一村名。這個村子多種南瓜，所以稱為「麻車瓜」。

2　石厦劉：石厦，增城一村名。這個村子大而且都姓劉。

3　蓮洲：增城一村名，這個村子多砂地，多水災。

4　頭：量詞，根、個的意思。

5　鑒沙吞：硬吞下去。

6　琴晚：昨晚。

7　膽骨：槌骨。

走入廚房瞌下眼瞓[1]，

大煲滾水[2]照頭淋，

保佑親爹來贖我，

金銀珠寶答謝靈神。

其二

雞公仔，尾彎彎，

做人心抱[3]甚艱難！

早早起身都話晏，

眼淚唔乾入下間；

下間有個冬瓜仔，

問安人[4]老爺煮定蒸；

安人又話煮，老爺又話蒸，

蒸蒸煮煮，唔中安人老爺意，

大攎[5]拉鹽又話淡，

---

1 瞌下眼瞓：打瞌睡。

2 滾水：開水，剛剛燒開的水。

3 心抱：媳婦。

4 安人：婆婆。

5 攎：意思是用手指撮東西。

手甲挑鹽又話鹹；

三朝打爛三條夾木棍，

四朝跪爛四條裙！

仲話：咁好花裙俾你跪爛，

咁好石頭俾你跪崩！

橫又難，直又難，

不如苦命落陰間！

人話陰間條路好，

我話陰間條路好艱難！

這是從前婦女悲慘生活的真實寫照，童謠用白描

盲人說唱圖

的手法，把這些人間的不平公之於衆，讓人們了解這些家庭的主婦、丈夫的妻子、公婆的媳婦，其實是一件商品，一個比傭人還不如的奴僕，一個家庭中最苦命的人！這是舊時代家庭的畸形現象。

可是，這些罪惡現象在過去卻被視為是天經地義的，如漢朝班昭寫的《女誡》，還有《禮記》中都有這樣的明文規定：

「姑云不爾而是，固宜從令；姑云不爾而非，猶宜從命，勿得違戾。」(《女誡》語)

「婦事舅姑，如事父母。」「凡婦，不命適私室，不敢退。婦將有事，大小必請於舅姑。」(《禮記》語)

對於這些傳統的家禮家規，李曉東在他的《中國封建家禮》一書中有較詳細的論述。他說：「《女誡》規定媳婦對婆婆要絕對地、無條件地順從。婆婆可以隨意支使媳婦，而媳婦只有唯命是聽，不得爭辯抗拒，甚至連商量的餘地都沒有。」他又說：《禮記・內則》明白指出：「媳婦的職責就是侍奉公婆。」難怪舊時代的婦女都有如此悲慘的命運！

但是，仍然有抗爭者，一些童謠吟唱出抗爭者的心聲：

氹氹轉，菊花園，
炒米餅，糯米團；
阿媽叫我睇龍船，
我唔睇，睇雞仔；
雞仔大，捉去賣。
賣得幾多錢？
賣得三百錢。
金腰帶，銀腰帶，
要個婆婆出來拜。
拜得多，冇奈何，
擔頭擔尾俾妗婆；
妗婆唔在屋，俾三叔；
三叔唔得閒，糯米煮糖環；
糖環喔喔脆，糖甜又香脆。

這首童謠很明顯地表現了主人翁以發展生產致富來提高婦女在家庭中的地位，着力要改變婆婆壓迫媳婦的家長制，婆婆也要一反常規地「出來拜」。這在當時是婦女大膽的思想和迫切的要求。

我們再來聽聽下面這首童謠是怎樣吟唱的：

落雨雨，去睇燈，
唔見花鞋[1]共手巾；
邊個執到畀番我，
買盒細茶謝你恩。
果條手巾唔打緊，
果對花鞋值萬銀。
鞋頭種得三竿竹，
鞋尾種得一籬薑，
中間起得一層樓。

這又是一種反抗！傳統社會極力宣揚「三寸金蓮」為美，女子的腳板纏得越小越好越時行越高貴。歌謠的作者卻用誇張的手法，大聲疾呼地提出鞋大腳大才有價值。這在當時來說，真是一個針鋒相對的鬥爭。

1　花鞋：婦女穿的鞋。但花鞋有大小，小為貴，大為賤，舊社會有不成文規定，婢女不准纏足的。

此外，童謠還唱出了人間的冷暖、世上的不平。比如：

真好笑，住茅寮；
風吹竹躬好過吹蕭；
日間有太陽照，
夜間有月來朝；
一世唔憂柴共米，
又唔憂大賊劫茅寮。
一個月光照九州，
有人快活有人愁；
有人樓上吹蕭鼓，
有人地下嘆風流。

5 鴉片戰爭童謠

在這裏還要提及一首著名的鴉片戰爭時期的童謠，它真實地記錄了一八四一年廣州附近各鄉人民在三元里英勇抗擊英國侵略軍的情況：

一聲炮響，義律埋城；
三元里頂住，四方炮台打爛；
伍子恒借款，六萬萬講和；
七兩二兑足，八千斤未響；
久久打下，十足輸哂。

當時入侵軍的將領是義律，他和他的部隊在廣州城北，被三元里附近自動組織起來的四百多條鄉村的數萬名群衆圍殲，被打得猥狽不堪。但是，由於清朝的投降政策，清軍不戰而退，致使四方炮台上的佛山新鑄就的八千斤重的大炮，未發一響，就為侵略軍所佔駐。清朝投降派頭子奕山還委派廣州大買辦伍子恒向侵略軍求和投降，答應賠款六离萬銀元，真是「十足輸哂」，令人氣窒。

二　五花八門的小唱

1 小唱的起源

流行於珠江三角洲一帶的小唱，是除了木魚、龍舟、南音、粵謳、粵曲、白欖等等之外的一種民間說唱。它類似元朝散曲中的小令，但又別於小令，它是用純粹的廣州話來吟唱的，沒有任何樂譜，不用任何樂器伴奏，是一種真正的「清唱」小曲。如明朝王驥德《曲律》中指出的那樣：「蓋市井所唱小曲也。」

遠在二千二百多年前，古之楚庭已有遇事吟唱之風。直至三國時期，吳國把交州東部劃出，另設廣州，那時已有雛形的城市生活，特別是時節熱鬧非凡，《羊城古鈔》中記載當時的端午節情景：「士女乘舫觀競渡，海珠買花果於疍家女艇中。」叫賣之聲一定喧天震響，那也是廣州小唱的來源之一。

廣州小唱的內容涉及範圍非常廣泛，如家庭、社

民國時的廣州街景

會、生活、生產、買賣、習俗、禦外等等，真是無所不包，其吟唱之聲，真可以說是穿街過巷無處不聞。我們把廣州小唱粗略地分為歌仔、唱賣、唱數、唱碼等等，分別介紹如下。

2 歌仔

這與指的歌仔，不是朱自清在一九二九年所著《中國歌謠》中談到「粵歌」分類裏的那種「歌仔」。一般說，這歌仔是一種方言的不合樂的短歌。有些是相習而成的，有些是睹物吟唱的。前者是俗成歌，又叫風俗歌；後者是即興歌，即興歌往往因事而唱，故又叫時政歌。比如風俗歌中有這樣一首：

賣冷，賣冷，
賣到年三十晚。

這是一首在廣州流傳古遠的歌仔。過去，廣州在除夕時，有一種習俗，青年人喜歡三五成群聚在一起，穿著新衣服，如果是貧窮的也要換一件乾乾淨淨的衣服，

豐子愷《春節小景》

腳上穿上一雙南方特有的木屐，在大街小巷與合着木屐走路時發出的噼拍噼拍的聲音，嘴裏高聲唱着這首歌仔。有些人不但沿街唱，而且還在街頭巷口處，用木炭或石頭畫上一幅弓箭的圖畫，說是可以射死妖魔鬼怪，驅邪。或者在除夕當夜，把鷄蛋染紅了來吃，說是可以壯陽辟陰。

《羊城古鈔〉中就有這樣的記服：「除夕，祭日送年，以灰畫弓於道，射祟。以蘇木染鷄子食之，以火照路，曰賣冷。」

「冷」是代表一種舊的東西，「賣冷」就是把這古老陳舊的東西送出去。

這種習俗來源久遠，宋朝的范成大就有這樣一首詩：

除夕更闌人不睡，厭禳鈍滯迎新歲；
小兒呼叫走長街，云有癡獃叫人賣。
二物於人誰獨無？就中吳儂仍有餘；
巷南巷北賣不得，相逢大笑相揶揄。
櫟翁塊坐重簾下，獨要添買令問價。
兒云翁買不要錢，奉送癡獃千萬年！

詩中寫的「賣癡獃」，就是把人的精神不正常東西（瘋癲和呆笨）送走。詩中寫的情景和廣州的「賣冷」是一樣的。

作家歐陽山的《三家巷》也曾描述過「賣懶」這種情景：

> ……這八個少年人一直在附近的橫街窄巷裏遊逛賣懶，談談笑笑，越走越帶勁兒。年紀最小的是區卓跟何守義，一個十一歲，一個才八歲，他們一路走一路唱：「賣懶，賣懶，賣到年三十晚。人懶我不懶。」

「賣冷」又唱為「賣懶」，這不單是取字的諧音，這「懶」也是人們認為不好的東西，所謂「人懶無藥醫」，人們都需要勤，所謂「一勤生百巧」，「人勤春來早」，「賣懶」也就寄寓了迎接早春的來臨。

孩子成群結隊去「賣懶」

另一首歌仔也是流行古遠的。每年的農曆七月初七是傳統的乞巧節，相傳這天晚上，牛郎織女相會在喜鵲搭在天河的橋上。這天晚上，最熱鬧的是小孩子，在婦女們一邊比手巧一邊品嚐瓜果的相互嬉戲談笑中，他們成群結隊地穿插在其間，高聲地唱歌：

七月七，喜鵲叫，
牛郎織女會河橋。

像這樣的風俗歌在廣州是很多的，這裏就不一一列舉了。

再說時政歌，在廣州也是很盛行的，如在抗日戰爭期間，有一首歌仔不但流行在廣州市，而且傳唱在四鄉間：

敲起鼓，鼓聲高，
保衛華南，保衛國土。
十萬青年，齊齊武裝；
堂堂步伐，走上戰壕。
殲滅蘿蔔頭[1]，把膏藥旗[2]扯倒！

1 蘿蔔頭：對日寇的鄙稱。
2 膏藥旗：對日寇所用旗幟的鄙稱。

動員四萬萬五千萬同胞投入艱苦的抗日戰爭中去，人民抗日義憤之聲深入到每一個炎黃子孫的心坎，廣州歌仔也匯進了這悲壯歌曲的洪流中。

還有一種歌仔比較特別，那就是勞動號子。這種歌仔與對唱的民歌相仿，有領唱有應和，通過一唱一和，使衆多的勞動者的行動步調得到協調，同時也可以舒緩緊張的壓力，並且通過呼號訴說勞動者的遭遇。現記錄兩首如下：

（領唱）開呀，上斜！
（應和）嗬，去呀！
（領唱）站硬呀！去呀！
（應和）睇住個，上呀！
（領唱）來硬呀！
（應和）呵，去呀！
（領唱）出多哋力呀！
（應和）好哋呀，力呀
（領唱）嘿呀，枕硬去呀！
（應和）頂硬上呀！
（領唱）一路呀，都上斜呀！
（應和）嗬哎，去呀！

（領唱）多出啲力呀！

（應和）嗬哎，去呀！

（領唱）出力啦，睜斜！

（應和）嗬哎，去呀！

（領唱）開呀，睜硬嘅！

（應和）嗬哎，去呀！

（領唱）出硬啲力呀！

（應和）嗬哎，去呀！

（領唱）嗬哎嗨呀！

（應和）嘿哎勝呀！

（領唱）鬼叫你窮呀，

（應和）頂硬上啦！

（領唱）流身汗呀，

（應和）搵個錢，

（領唱）夠兩餐啦，

（應和）仲有煙錢。

（領唱）你就想啦，

（應和）有鬼嚟，

（領唱）地頭稅呀，

（應和）老虎嘴，

（領唱）一啖吸落嚟，

（應和）乜嘢冇得剩！

（領唱）唔好講兩餐，

（應和）煙錢早已飛。

（領唱）嗨哎嗬呀，

（應和）嘿哎勝啦！

（領唱）鬼叫你窮呀，

（應和）只有搏命頂啦！

（合唱）嗬哎嗨啦，嘿哎嗨啦，

（合唱）鬼叫你窮呀！

（合唱）頂硬上！

勞動號子在吟唱時，是可長可短的，這要看當時勞勵者的需要和興趣。

3 唱賣

唱賣，是做買賣時以小唱的形式介紹商品，招徠顧客。這是做買賣的一種宣傳。宣傳最重要一點是要有號召力，吸引顧客，促成買賣。唱賣是一種活廣告。

廣州市民做買賣的，小販居多，小販中以經營小飲食業為生的又佔大多數。這和廣州地區的特點有關，所謂「食在廣州」，廣州在近百年來，總是三步一攤五步一擋，所以，唱賣之聲此起彼伏，整日不斷。

其實中國各地都有「唱賣」，比如北京地區叫「貨聲」。唱賣是有悠久歷史的。清朝屈大均[1]的《廣東新語》有這樣的記述：「順德之容奇、桂州、黃連村，吹角賣魚。⋯其北水古、粉龍渚、馬齊村，則吹角賣肉。相傳黃巢屯兵其地，軍中為市，以角聲號召，此其遺風云。」

以器具發生的聲音作為某種買賣的標記，在廣州市也是有的。比如賣硬麥芽糖，小販以劈開硬麥芽糖的鐵器兩件：一件形狀如斧頭，但比斧頭薄而且長一

1 屈大均（1630—1696），初名邵龍，又名邵隆，號非池，字騷餘，又字翁山、介子，號菜圃，廣東番禺人。明末清初著名學者、詩人，與陳恭尹、梁佩蘭並稱「嶺南三大家」，有「廣東徐霞客」的美稱。曾與魏耕等進行反清活動，後避禍為僧，中年仍改儒服。詩有李白、屈原的遺風，著作多毀於雍正、乾隆兩朝，後人輯有《廣東新語》《翁山詩外》《翁山文外》《翁山易外》及《四朝成仁錄》，合稱「屈沱五書」。

街頭小販

點，一件是一根鐵棒，有手指那樣粗細。把兩件鐵器互相敲擊出有節奏的聲響來：「特特，噹，特特噹，特特特特噹。」不用叫賣，別人一聽就知道賣硬麥芽糖的來了。

最有特色的是過去廣州賣雲吞麵。個體經營，一副小擔，帶上一個小伙計，穿街過巷的做買賣。小擔如兩個略高的牀頭櫃，一邊是湯水，一邊是個小小的工作檯。一面製造廣州雲吞，一面着小伙計兜生意。

小伙計手拿兩片厚竹板，在附近的橫街窄巷敲打起來：「篤得，篤得，篤得篤得篤篤得，篤篤得，篤篤得，篤篤得得篤得得。」凡是挑擔上街賣雲吞麵的都是這樣的敲法，所以別人一聽就知道賣雲吞麵的來了。

但是，唱賣還是佔大多數。把自己的商品編成歌謠高聲唱出來，清清楚楚的向顧客介紹，博得顧客一睞，買一點。侯寶林的相聲《改行》就生動地介紹過。廣州唱賣之多像空氣那樣彌漫着整個城市，給廣州市民生活增添不少特色和情趣。請聽：

《賣酸辣菜歌》

辣一辣菜啦，

有哋薑芽呀，

鹹醋番薯，爽夾又甜。

仲有酸甜楊桃，

和味雜錦菜呀，

攻鼻嘅鳳尾菜，

爽脆嘅椰菜卷，

個哋都係醒胃嘢嚟㗎！

《賣鹵鴨頭翼歌》

鴨頭鴨翼，

下酒（呢）好食。

鴨腳鴨蹼，

老友（呢）來食。

《賣凉茶歌》

飲凉茶，

苦瓜乾，

菊花煎備銀花露囉：

金沙藤，

王老吉，

一碗落肚解暑濕囉！

《賣飛機欖歌》

飛機欖[1]，飛機欖

一飛就飛落你天棚。

你唔使郁唔使喊，

銀紙丟落嚟，

和味嘅飛機欖，

就會落到你肚腩。

1　飛機欖：一種經過泡製的甘欖，有鹹、辣或甘草味等等的甘欖。賣者把這種甘欖包成小包飛投到買者處，故名之為飛機欖。

《賣仁棯子歌》

仁棯王[1]，

仁棯王，

砂屎[2]嘅仁棯王。

買番個仁棯王，

一粒嗒真吓，

鷄咁腳嚟[3]搵[4]仁棯王。

《賣糖水歌》

香滑芝麻糊，

清甜綠豆沙，

正氣蓮子茶。

《賣麵包歌》

麵包 ——

新鮮出爐嘅麵包：

1 仁棯：又叫仁面，是一種小醬果。仁棯王，即泡製得最好味道的仁棯。

2 砂屎：即砂茶醬。

3 鷄咁腳嚟：快步走來的意思。

4 搵：找尋。

菠蘿嘅麵包，

椰絲嘅麵包，

十字包，

忌捻包，

鷄蛋糕 ——

《賣花生肉歌》

花生肉，

南乳肉，

重好食過焗臘肉。

《賣水果歌》

老友呀，

睇吓啦，

伊道生果乜都有：

雪梨蘋果正牌貨，

梅花點香蕉香透牙，

鼓棰大蕉夠正氣，

沙田碌柚蜜咁甜。

喂，老友記，

仲有糖心嘅菠蘿

淋晒糖來起晒格。
淡水嘅沙梨，
脆甜南華李、三華李、蛋黃李，
爽嚟帶有桂花味。
幫襯吓啦，
伊道的生果冇得比！

《賣栗子歌》

良鄉風栗，
新鮮炒熟
剝殼九里香，
吃落百日味，
嚟啦，吃過都會翻尋味。

《賣冰水歌》

飲啦，老友，
開水熟糖來製造，
冰凍菠蘿同橙水，
清甜凉口解得渴，
潤心潤肺潤喉嚨。
飲啦，老友！

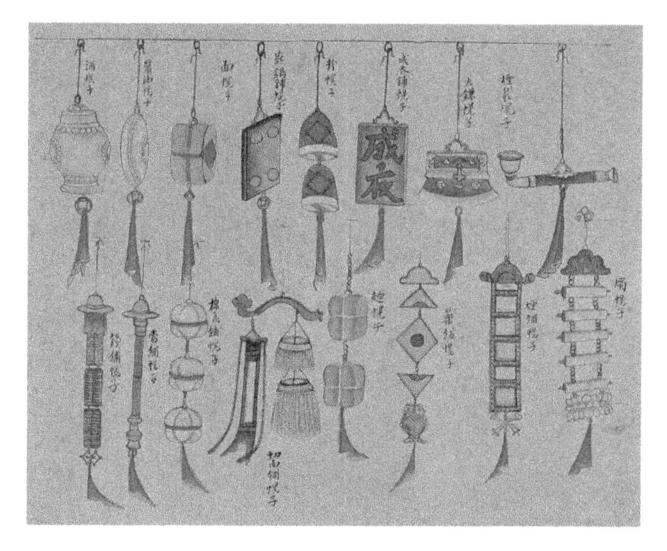

各種店鋪的招幌

《賣涼茶歌》

常炯堂，快應茶，

發燒發熱有揸拿，

每包三毫真實價，

飲落涼喉頂呱呱。

《賣石榴歌》

晚市石榴買番個，

大塘石榴靚水香，

胭脂石榴又夠平，
幫襯吓啦，
晚市嘅石榴。

《賣甘蔗歌》

熱蔗呀哩，
譚洲㗎，
你買枝嚟我來刨，
黑皮包住白肉脆，
清心潤肺佢最合時。

當然，廣州市除了小飲食的買賣外，還有其他小雜物的買賣。儘管是小買賣，一角幾分的生意，但小販還是根據自己的商品編成小唱，沿街唱個不停。比如有一種幫助人們穿針眼的小玩意，小販是一面操作表演，一面用廣州小唱詼諧地唱着：

穿針機，
穿針鼻。
穿針唔使求人哋，
阿媽買個好歡喜，

19 世紀通草畫《賣貨圖》

阿婆買個笑嘻嘻，

細佬哥買個幫吓老人手

幫吓阿爺穿針鼻。

阿爺話你好叻仔，

問你伊個係乜嘢機器？

你快啲帶佢嚟伊道，

嚟買番個穿針機！

還有收買破爛的：

收買爛銅買爛鐵，

棉胎舊嘅蚊帳，

玻璃買舊嘅皮鞋，

玻璃酒樽買藥水樽呀！

舊書舊紙舊嘅新聞紙，

爛衫爛褲爛嘅布料，

爛檯爛櫈爛嘅酸枝，

清理爛雜搵番哋銀紙

搞好衛生又支援國家建設！

唱賣繁多，不能一一記錄。再說文字只能記錄小唱的內容，無法寫出廣州小唱那種清晰、貼切、優美、獨特的情調。不過，在廣州市，尤其在二十世紀五、六十年代，還到處可以聽到這種小唱。它常常融匯在熱鬧城市的聲浪裏，給市民的生活樂章增添了一個獨特的音符。

唱數

唱數，是用計算商品的數目編成的小唱。

這種小唱在貨棧、碼頭、收購站、欄場等貨物集散地都可以聽到。每類貨物經由這些地方進出，那數目少則以百數計算，多則百萬千萬。在沒有計算機的年代，需要一個準確而省力的數數方法，唱數這種小唱就應運而生，而且獨具風趣。

有機會到蛋類攔場看看，唱數的人口吐兩個字，雙手一齊抓蛋，每隻手一抓五枚，過籮一放，就是十隻，嘴上唱出「隻五」。數蛋一百，只唱下面五句：

隻五雙十，
有三變四，
成五即六，
七星伴（八）月，
狗（九）拉啞明（一百）。

一籮蛋，有多有少，五百裝的、一千裝的不定，數完，過籮包裝。這過籮真是一絕，宛如雜技。只見他穩重而手快，一手提着籮邊，一手護着籮面的蛋，霎時一翻手，全籮蛋數百隻唷碌一聲倒過籮去，一隻也不裂，一隻也不爛。就在觀者心驚肉跳，目瞪口呆，對其手藝讚嘆不絕的時候，耳邊又響起了數蛋人的小唱，這回是點明籮數了：

包一有個七，

三七突個一，

回一剩個六，

一共二千七。

數蛋人手口不停，數完細數報大數，欄場裏唱數此起彼落，蔚為大觀。

各行各業都有唱數，而且唱數時都有自己的行話，比如表示一至十的數目時，以「芝、辰、斗、數、馬、零、頭、莊、灣、響」代替，另一種則以「瓜、欄、橫、道、瘦、辰、星、張、崖、竹」和「桂、欄、橫、渡、瘦、問、豬、打、出、狗」等代替。用這樣的行話唱數，別人聽不懂，自己人卻心中有數，這樣，做買賣時容易應付些。

5 唱碼

唱碼，是以廣州小唱來報錢碼。這唱碼在廣州茶樓最為典型。

19世紀通草畫《櫃檯一景》（局部）

廣州茶樓林立，頗負盛名。過去在茶樓飲茶不像現在有記綠卡、記賬單，而是通過唱碼來算賬。這樣就全靠企堂[1]（服務員）的眼快、手快、心快、口快報錢碼了。

一市茶業，茶客很多，各種人等，進進出出。企堂不但要眼快認清付賬的人和看清茶客吃了多少東西，同時要手快收拾茶具碗碟等物件，還要抹乾淨檯子，而且要心快算好茶錢，還要迅速地準確地告訴櫃檯，這真是一門專業。在那種人群熙攘、喧鬧的茶堂上，企堂和櫃檯的一唱一和，宛如對歌，給茶客們製造了一種特殊的茶堂氣氛：

1　企堂：方言，指服務員。

開嚟——

猴王拖手帶一啦，

拿住有四呀！

這就是說有一位瘦茶客帶着妻子和一個孩子，這位該收五角四分錢。櫃檯聽得明白，用眼睛一款（廣州話音讀如麗），認定該收誰的錢，一邊收錢一邊拖長腔調應和着：

有數——

企堂又喊：

單嚟——，

紅衫豐滿有姐呀，

星期伴着兩粒星！

這就是說有位胖太太穿着紅色衣服，和一位女同伴，這位該收七角兩分錢。櫃檯又應和着：

單埋！

有時茶客三、五座一齊要結賬，那企堂唱出一連串的小唱來，既要應付急待要走的茶客，又要逐一報知櫃檯有幾單要結賬了：

開嚟——，
流星有三呀，
分頭大小五眼橋，
雙三加碼有個八。

單跟——
又嚟隻手有單拳，
半月舉起四指出。

又嚟啦——，
三星拱照藍氈先，
禮拜計盡啦無零。

櫃檯明白，頭一單是大小五個人一起，給錢的是個留分頭的，該收一元二角八分錢；第二單是六個人在一起，該收一元五角四分錢；第三單是三個人一起，戴着籃氈帽的給錢，該收七角錢。

櫃檯一邊收錢，一邊應和着：

埋數——

單收 ——

福祿壽齊 ——

綜上所述，廣州小唱有三個特點：一、是口頭創作，是沒有樂譜的；二、即興編就，常常內容有增刪；三、創作時沒有文字記錄，一般是以口相傳；四、具有濃郁的生活氣息。

它不見於文字記載，更談不上登上大雅之堂，但是，它卻植根在人民群衆的生活中。它像原野上的小花，很不惹人注目，但卻是文藝花園中最基本的不可缺少的花簇。

舊時代茶樓內景

三　龍舟舟，出街遊

1 龍舟歌的創製者

龍舟，龍舟，

遊呀遊遊，

遊到你家門口，

它擺尾又點頭，

祝你家有福祿壽：

福到你家子孫平安，

祿到你家財源又有，

壽到你家老人童顏白髮，

後輩人仔樂無憂！

一個裝扮古怪上了年紀的人，下身穿的是一條包肚的唐裝褲，束腳，上身穿的卻是和尚的大襟短衣，束腰，肩頭披着一塊淤紅色的披布，右手拿着一條約三十公分長短的木雕龍船，龍的首尾是可以活動的，胸前逕掛着一個小銅鑼，碗口大小，一面小鼓，也是碗口大小，左手拿着一根掌巴長的小木棒，他一面敲擊着小鑼小鼓，「篤噹，篤噹」，一面就唱着這首龍舟歌。

這是一些貌似雲遊僧人，其實是沿門賣唱求乞的藝人。他們以演唱龍舟歌謀生：

> 龍舟舟，出街遊，
> 姐妹行埋[1]莫打鬥，
> 封一封利市壓龍頭。

龍舟歌或稱龍舟，甚至有人稱之為乞兒歌。它在廣州市以至珠江三角洲一帶是非常流行的。

李漢樞說：

> 「龍舟歌」亦名「龍洲歌」。珠江三角洲一帶，城鄉密邇，河流交錯，農商舟楫頻繁，水路特別旺盛。雖水程非遙，但旅途中不少賣唱賣藝的人，上落穿插，所謂「龍舟佬」，就是一種上落這些渡船中賣唱龍舟歌的人。……據說，龍舟競渡，粵人視

1　行埋：走在一起。

為最神聖的事，有了它作幌子，才不會給人厭逐，從而進行賣唱。(《粵調說唱民歌沿革》)

這樣說，龍舟歌不論在陸上還是在水上，多是在流動中演唱的，因此，它就不可能使用篇幅過長的演唱形式。同時，它要盡快吸引聽衆，最好是開口幾句話，就能把聽衆的興趣挑動起來，而且還要說一些雅俗共賞的吉祥話。所以，龍舟歌必須具備短、精、兆頭好等條件。

據說有位廣東順德龍江籍的破落戶，創作了這種短小精悍的說唱體的「龍舟歌」以為謀生。李漢樞說：

我們說龍舟歌創於順德人，是以下面的事實作為推斷的。過去，凡唱龍舟為生的人，十居八九都是順德籍；特別是龍舟腔調，如用廣州話演唱，從來得不到好評，所以擅唱者如非該縣人，也要學該縣鄉音，說白時更為必要。同時，這種歌唱，再沒有地方比順德人這麼普遍而愛好。產於龍江某破落戶，這是故老傳聞之說，雖無確據，亦理有可信。

龍舟歌的來源另有一種傳說，如下：

另有一說，則謂由民族革命團體始創，是旨在宣揚「反清復明」的俚歌。自清代康熙二十二年（公元一六八三年）施琅平台以後，民族革命活動即全部轉入了潛伏時期；有

唱龍舟

志之士，紛紛托迹於水驛江城進行活動。他們有一定的口語，歌曲形式亦多；活動初期，據說即編有六七百首，宣傳他們的政治主張，以便易於在人民群衆中傳唱。例如有一首在唱詞結構上已具龍舟歌雛形的民歌：

天生朱洪主為尊，地結桃園四海同。

會齊洪家兵百萬，反離撻子伴真龍。

清[1]連舉起迎兄弟，復國團圓處處齊。

大家來慶唐虞世，明日當頭正是洪。

1　清字原文寫作「涓」，諱清字，避免「清」朝字眼太明顯。

> 以它每句第一字聯輟起來，便成「天地會反清復大明」，有很鮮明的寓意和號召力。他們在水鄉等地演唱時，一律以手持木雕龍舟為「自家兄弟」的記號。起初，這種演唱形式稱為「龍朱歌」（暗寓明代真龍天子姓朱之意），後來大概覺得過於露骨，才改稱「龍舟歌」。久而久之，便乾脆以作為聯絡標記的龍舟為名。而他們胸前所掛的一鑼一鼓，則分別代表日和月，日月二字合為明字，以示對朱明念念不忘之意。

孔憲濤的《粵調說唱民歌簡介》中乾脆說：「龍舟約產生於清康熙二十二年（一六八三年）或清乾隆（一七三六年）年間，曲目以短篇為主。」根據是什麼？沒有說。

其實，目前還沒有確切的資料作為依據，去確定龍舟歌的產生年份和它是怎樣產生的。因此一般認為，無論是那一種說法，「龍舟歌」都不會是驀然「創造」出來的。它的音樂曲調和唱詞結構，都與「木魚」相似，即使不能說它脫胎於木魚，也可以說龍舟與木魚有着極其密切的互為影響的關係。

的確，龍舟歌的出現比木魚較晚，正當木魚流行非常普遍的時候，尤其值得注意的是，在清朝乾隆嘉慶年間，木魚演唱出現摘錦曲式[1]的曲本流行，這時候，龍舟歌也在市井中傳唱着。稍後，即在十八世紀中葉以後，有人把一些龍舟歌稱之為「木魚短曲」。誠然，木魚和龍舟歌都是散板結構，都是不為節奏所限制的自由吟唱體，但是，龍舟歌還是有自己獨特的形式，亦有它自己產生、發展、定型、成熟的過程。它比山歌、說書更加富於表現力，而且作品多數是寫民間疾苦、生活瑣事，具有濃厚的鄉土氣息。龍舟可以見什麼唱什麼，很多是由龍舟歌手臨時隨口唱出的。因此，就很容易為群衆所喜愛所接受。它通過民間藝人沿門賣唱或同渡演唱，與成千上萬的群衆聯繫起來。

2《繅絲女自嘆》

龍舟歌除了演唱一些傳統的民間故事，如「梁山伯

1　摘錦曲式：從長篇木魚說唱本中摘取精彩部分的唱段而成。

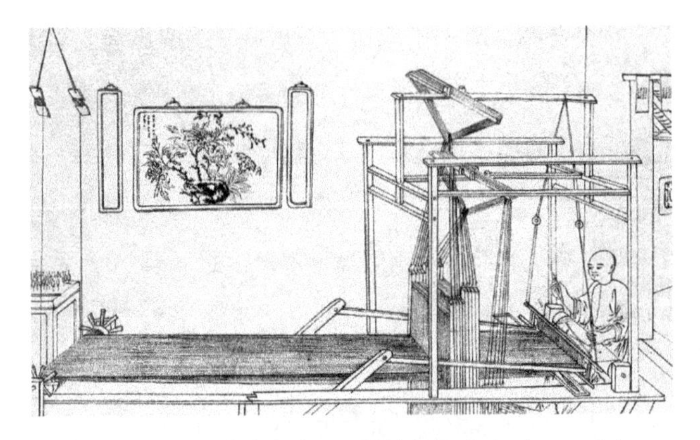

清代廣州外銷畫畫師庭呱《織素緞》稿本（1844 年）

與祝英台」「白蛇傳」「方世玉打擂台」「丁山射雁」「王允獻貂嬋」等等外，更多的反映人們的日常生活。比如流傳比較廣的，直到一九五九年十月出版的《龍舟大會唱》中還保留的《繅絲女自嘆》就是其中一例。這首反映繅絲女疾苦，然又能在重壓下覺醒到「團結就是力量」道理的龍舟歌，曾在一九五四年九月十一日中秋節和十二日兩晚舉行的順德、中山龍舟大會唱中，由龍舟烈霞演唱：

人實惡做，

世界咁艱難！

男兒還望，

打得破難關。

唉！做着我哋女人，

真係慘；

一生勞苦，

飽受世道摧殘。

梳起在家，

人待淡，

若然出嫁，

又好似入網關。

至怕嫁着個男人，

性情硬；

又怕翁姑，

惡毒蠻。

生兒育女多磨難，

仲怕家貧如洗冇兩餐。

有陣見到人家，

拖男帶女隨街喊；

思前想後，

偷嗟歎；

傷情觸景，

更令我心煩。

都係學門手藝至渡得平生，

後來學會繅絲人稱讚，

手作超群算我第一班。

……

可是一做幾十年，終於年老體弱，眼矇手慢。老闆要的是牛是馬是搖錢樹，哪管你工人是老了，只要是不能勝任的就諸多刁難：

到咗依個時候唔夠眼，

頭又暈時手又生。

啲的事頭工頭話我慢，

終朝無日搵事彈：

話我手腳又𡁻人又懶，

絲粗續口又唔啱。

上工至天光都話晏，

仲賴人家偷繭十分蠻。

人工逐漸隨時減，

勉強支持都搵唔到兩餐。

……

思度忖，

好心酸！

不若我哋成幫姐妹結成團。

……

不怕佢東家，

存心不善；

我哋工人團結，

亦有能權。

大家表明決心，

同志願。

從此以後，

不再心酸，

共同努力，

來打算；

毋嗟怨，

一齊奮志，

要攞工錢！

這種從切身痛苦中醒悟到需要自立自地奮的精神，是非常可貴的，尤其是出現在女工人的身上。

19世紀通草畫
《一位紡絲的中國女子》

據說這首《繅絲女自嘆》產生於清朝中葉，約在十八世紀五、六十年代，即乾隆年間。因為那時只留廣州即粵海關為唯一的對外貿易口岸，而外國商人到廣州來多採購生絲和絲織品，因此，廣州的絲銷路日益擴大，絲價亦迅速上升，使珠江三角洲掀起了「棄田築塘，廢稻樹桑」的高潮，這時繅絲女之多是可以想見的。繅絲女血汗浸透的一縷縷金絲，成了中國當時除茶、藥材等以外的主要出口商品。

《繅絲女自嘆》是重壓下的產物，但是它也和其他民間作品一樣，經過了演唱人的不斷加工修改。現在我們看到的《繅絲女自嘆》應是二十世紀四十年代左右的作品了。不過，人們還是可以從中窺視到歷史上的一些情況。

3《屎坑公嘆五更》

《屎坑公嘆五更》是另一首反映底層民衆辛酸生活的龍舟歌：

一更嘆，嘆聲難，
閻王打發我看屎坑。
左手執勾右手揸[1]篸[2]，
只為家貧實見難。
二更嘆，月當中。
執屎至怕落雨翻風[3]，
朝早起身天又凍，
摟起件蓑衣係度[4]震蓬蓬[5]。
……

1　揸：抓、拿。
2　篸：方言，音 cǎn，一种簸箕。
3　翻風：颳風。
4　係度：在這裏。
5　蓬蓬：抖動的聲音。

還有的作品，描寫婦女在家庭中的地位低下和精神上受到的折磨，如《五諫刁妻》：

自從過門歸你宅舍，
猶如監犯上囚車。
早起更兼眠要夜，
可恨嗰個衰鬼安人病壞老爺，
煲茶煮飯監[1]我做到索[2]大氣，
又要我漿洗衣裳與共把仔孭[3]。
手腳唔停成日做嘢[4]，
從朝做到日頭斜。
……
我咁嘅行為仲唔多謝，
你反為話我懶如蛇。
真係前世唔修至[5]嫁畀你隻嘢[6]。

1 監：強要。
2 索：吸。
3 孭：讀如「咩」，背的意思。
4 嘢：東西；工作。
5 至：才。
6 嘢：可指東西或人，指人時是鄙稱。

4 新風味的《菜籃歌》

上述反映民間疾苦的龍舟歌為數是不少的，在這裏不可能一一介紹，但更多的是描寫民眾的生活瑣事。比如，在一九八二年廣州市群眾曲藝大比賽獲獎的丁楓的《菜藍歌》，就是這方面最好的有代表性的例子：

陳二嬸，換過件衫，對鏡梳頭好笑顏，
她為人並非想打扮，只因心頭快活變後生。
起早上街成習慣，出門順手挽個小菜籃，
轉上墟場腳步放慢，菜籃貼實半腰間。
人擁人擠慌怕菜籃被擠爛，
哦，只見時令蔬菜攞到要搵路行。
哦，又嫩又鮮 —— 一蘿蘿一擔擔！
嘩，叫平叫靚 —— 一檔檔一攤攤。
二嬸挽起菜籃多感嘆：
市場今日真似百花壇！
想往昔，起五更，
手忙腳亂又挽起個菜籃。

19世紀通草畫《雜貨店》

為愁買菜跑步都嫌慢，

長龍擺尾，排隊轉了幾個彎。

大個市場多冷淡，

石檯生草石凳滑潺潺。

每日上市菜蔬只得三、五擔

品種少時又簡單，

清一色來，點到你挑挑揀揀，

又黃又老，令你睇見就心煩。

嘿，白菜連頭都幾乎搶到爛，

唉，通菜帶鬚大家搇住爭。

結果一半食時一半倒入垃圾簍，

家庭主婦為兩餐菜餸嘆艱雔！

哈哈，現今愁雲風吹散，

上街買菜不用起五更，

四季時鮮花滿眼，

菜籮堆滿路，瓜果疊上棚！

嘻嘻，小小菜籃天天變換，

菜口挑來要過幾關。

往日只求有鹹有淡，

現今胃口嬌來嘴變饞；

老伴想食蘿蔔炆牛腩，

大仔要試塘蒿滾魚生；

二女叫買韭黃炒滑蛋，

細蝦嘈住臘肉燴芥蘭……

嘿，想食就可買回，不是空口喊，

生活水平提高，無人敢話你心貪。

嗱，話魚開邊，有鯆有鯇；

喏，燒買現賣，有淡有鹹。

客人來時，還可整多味冬瓜八寶盞；

親戚探訪，居然擺幾碟拼盆中西餐。

星期小敘，菜口多挑又多揀，

節日加菜，買滿小籃轉大籃！
呵，市場新貌真個令人稱讚，
形勢大好實在翻了幾番。
你問城鄉如何繁榮？
人民生活改善快或慢？
休驚嘆！
請看千家萬戶的小小菜藍！

5 社會龍舟

龍舟歌還有以破除迷信為內容的，可說是其中的「勸世」作品。

比如《鄭仙探城隍》，鄭仙是廣州的著名人物，姓鄭名安期，他原是山東琅玡人，是秦朝時的一名方士，傳說他在農曆七月二十四於白雲山跳崖自盡。但當他跳下去的時候，卻被一隻仙鶴救了，鄭安期變成了鄭仙。從此，農曆七月二十四日成了一個民間節日 —— 鄭仙誕。

龍舟歌《鄭仙探城隍》巧妙地設想在破除迷信的

時刻，鄭仙心煩氣悶地去找城隍傾偈[1]。龍舟歌是這樣唱的：

敘過寒酸不用提，
鄭仙嗰陣[2]對住城隍來講閉翳[3]：
講起神權冷淡苦凄凄，
肚餓幾乎將近要抵，
有何法子共我挽垂危？
城隍聽，
啟言章，
同病相憐只喊一場，
反正個排真受影響，
破除迷信仲邊個入廟燒香？
……
鄭仙聞說更仲愁多，
彼此如斯奈邊個何。

1　傾偈：聊天。
2　嗰陣：那一陣，那個時候。
3　閉翳：不開心。

愧我白雲山頂剩番個大泡和[1]。

……

向年積習人家破，

可憐菩薩自己囉嗦，

打地氣[2]名詞今後冇咗，

鼻酸喉啞淚滂沱。

鄭仙睇見城隍他怨苦楚，

連隨拜別冇遲㗎，

立即起身唔肯坐。

……

這場探望就這樣結束了。龍舟歌的作者利用神話，讓神仙自己來說明：大家一起來破除迷信，這樣神仙也沒有辦法了。

神話故事雖然能夠取悅於聽眾，但是，這類故事到底脫離現實生活太遠了，因此，龍舟歌的作者還是多注意以在人民生活中所發生的事情為題材進行創作。同

1 大泡和：草包。

2 打地氣：粵俗每逢七月二十四日城隍與鄭仙誕，早一晚睡城隍廟中，謂之打地氣，明早便可上白雲山。

樣是以破除迷信為中心思想的龍舟歌，近代作者即拾取平民百姓身邊發生的事情來反映，比如葉賀桂的《送「蟲魔」》就是其中一例：

19世紀通草畫《道士圖》

陳六嬸，悶在心中，

皆因所耕秧地，最近出咗螟蟲，

但係佢思想湖塗，以為蟲魔有意來作弄；

又話「田頭土地」，總唔頌神通！

睇見別人落力除蟲，還笑人家唔中用，

自己扭頭扭髻，去找喃嘸逢。

喃嘸佬問起因由，知道六嬸請佢把「蟲魔」送，

咁就訂明工價，「利市」萬五元[1]一大封。

1 二十世紀五十年代初期人民幣面額一千元相當於現在的一元。

執齊啲袈裟，跟住六嬸出動，

吩咐買齊寶燭果禮，六嬸樣樣依從。

來到田基，就點着香燭來供奉；

喃嘸逢把紅袍穿起，土地帽帶在頭中。

打起叮叮，亂噏[1]亂誦；

六嬸雙膝跪下，叩到頭殼通紅。

元寶燒完，以及衣紙各種；

響起三聲炮竹，震徹天空。

一場把戲做完，喃嘸逢抱拳亂拱；

臨走逗埋[2]「利市」，滿面笑容。

六嬸以為財散人安，歡然入夢；

三天之後，六嬸再到田中。

誰料秧葉枯黃，蛀心蟲出滿田壠；

螟蟲不但唔死，而且生得無盡無窮。

白翼仔撲滿禾秧，六嬸看見非常心痛；

又再去找喃嘸佬，呢次[3]佢唔在家中。

---

1 噏：說話。或只見口唇動而聽不清說什麼，也叫噏。

2 逗埋：取完。

3 呢次：這次，這一回。

原來佢在田中殺蟲，不打叮叮將經誦，
身邊一簍枯黃秧葉，就係摘出嘅卵蟲。
六嬸眼看心嬲[1]，知道受人捉弄；
喃嘸逢見到六嬸，立刻逃避走匆匆。
衆人話喃嘸嘅事情，原係假嘢一槓；
思想開通之後，有人咁[2]笨再去信從。
土改分田，個個參加農業勞動；
喃嘸混賬行業，人哋早已當作腦後西風。
不過你搵到佢時，所謂水蟹亦都唔放縱；
今日事情擺白，你最好返去動手除蟲。
大嬸仔細思量，覺得一日都係自已大懵；
除蟲不應放棄人力，走去依靠神通。
但係搶救秧苗都已過時，迫得再播穀種；
真心痛咯！自怨信神信鬼，致使損失重重。

像這類破除迷信以及戒煙戒賭戒嫖和揭露盜竊、拐帶、詐騙的伎倆，還有反對婦女纏足，甚至是反對八股

1　嬲：生氣。

2　咁：這樣，如此。

文等等為內容的龍舟歌，被稱為「社會龍舟」(或稱「政治龍舟」)，此類龍舟歌會在反對美國虐待華工與一九〇五年(光猪三十一年)反美拒約運動的鬥爭中，在當時廣州、香港各愛國報刊中出現過不少。龍舟歌成為政治宣傳鼓動的工具。

在「社會龍舟」歌中，有個別作品是相當長的，比如宋四郎寫的，由省港三餘書店編印的《社會龍舟庚戌年廣東大事記》一首，全歌長達二十六章，約一萬二千八百餘字，被譽之為「空前長調」。但是，像這樣長調的龍舟歌，遠遠沒有那種結合普通人的現實生活和生產來反映人們思想感情的龍舟歌來得普遍。請聽：

龍舟龍舟，
吉利點頭。
闔家受咗龍頭禮，
老少平安永無憂，
子孫健康呢，
老輩又益壽！
家庭和和睦睦，
咁就樂呀樂無愁！

四

情意綿綿鹹水歌

鹹水歌，又名疍歌，亦稱鹹水嘆、後船歌、蠻歌和浪花歌。廣義的鹹水歌包括有姑妹腔、擔傘調和高堂歌等，這裏只談談流行得最早的鹹水歌中的「姑妹腔」，也就是一般人所指的鹹水歌。

1 鹹水歌的由來

珠江三角洲水網縱橫，歷來是中國南方水運交通中心。這給水上人家的繁衍剏造了十分有利的條件。

清代的趙翼[1]在《簷曝雜記》中這樣記述：「廣州珠

1 趙翼（1727-1814），字耘松，號甌北，清代江蘇陽湖人。官至貴西兵備道，旋即辭官家居。主講安定書院，專心著述。長于史學，考據精賅。論詩主張推陳出新，力反摹擬，與袁枚、蔣士銓齊名。著有《二十二史札記》《陔余叢考》《甌北詩集》《甌北詩話》等。

江蜑船不下七八千。」而據一九二六年（民國十五年）廣州市人口統計，單在廣州一地已有疍民十萬二千人。梁啟超則估計為「殆不下百萬」。這些水上人家已經漸漸形成了一個特殊階層，有人直稱他們為「疍族」，一般人稱之為「疍家」。

在過去，他們受到歧視、限制和欺壓，《高要縣志》卷二十一記云：「粵東地方四民之外，另有一種名為蜑戶」，「粵民視蜑戶為卑賤之流，不容登岸居住。蜑戶亦不敢與平民抗衡，畏威隱忍，跼蹐舟中，終身不獲安居之樂，深可憫惻」。又民國二十三年六月，廣東省民政廳出了個《查禁壓迫歧視疍民》的通令，摘要如下：

> 民廳疊據各地報告，各屬疍民，多有被人壓迫，如禁止疍民船隻泊岸，遇嘉慶事不許疍民穿着鞋襪長衫，有病不准延醫診治，死亡不准抬棺柩上岸，娶妻不得張燈結綵，諸如此類，不勝枚舉，復時常被地方土劣遇事任意勒索……此種惡習，亟宜禁革，並飭屬對於疍民隨時注意保護，嗣後如有上項情弊發生，務須從嚴查究。

云云。

以船為家的疍民

此通令之兌現與否，姑不究之，但從中可以看到以往水上人家其苦更甚於黃蓮。他們又因處境的獨特，熱中的男女不能像陸上青年男女那樣約點聚會或雙雙漫步街頭互表情意，因此，就在珠江的緩流中產生了疍家青年男女以歌傳情，互表心聲的鹹水歌。「鹹」在廣州方言區內，是有它特別的意義的，就是指男女私情有關的事，因此，這些水上人家的情歌，就叫做鹹水歌。

2 文人改作的鹹水歌

李調元在他的《粵風》中輯有「疍歌」，錄下三首：

錯畔行過蘇興巷，魚通水透到花街，
木樨花發香十里，蝴蝶聞香水面來。

疍船起離三江口，只為無風浪來遲。
月明今網船頭撒，情人水面結相思。

鹿在高山喫嫩草，相思水面緝蔴紗。
紋藤將來作馬騎，問娘鞍落在誰家。

買花

其實，這些「疍歌」是經過原輯者河南人修和的修改的，變成了「平仄亦叶」的七絕詩了。一位名為花溪逸士的文士，也錄了幾首疍歌：

手撚梅花春意鬧，生來不嫁隨意樂；
江行水宿寄此身，搖櫓唱歌槳過滘[1]。

雲在水中非冒影，水流影動非身情，
雲去水流兩自在，雲何負水水何煩？

1　滘：河道分支或會合的地方。多用于地名，如道滘。

撥棹珠江十二年，慣隨流水愛嬋娟；

青蘋難種君莫種，愜兩堪憐君莫憐。

這些歌，也是經過文人潤飾而成的。它雖然保留了原歌的主題，反映了疍家生活的風情，但卻失去了鹹水歌原來的風韻。

3 接近原型的鹹水歌

有些鹹水歌，給文人修改得少些。一九三四年十一月在《輔仁廣東同學會半年刊》中刊登了呂少泉的《談談廣州的蜑家》，其中這樣寫道：

> 蜑曲的正宗，卻以鹹水歌為首，這種歌的形式多數是七言四句體的，每首一章的為普通，二章以上的也有，可是不多。最可注意的，是這種歌曲的每句末端，都附有一個「囉」字為助詞，這種鹹水歌大都是歌咏愛情的居多，所以免不了頗出於冶蕩。

接着，呂少泉先生在文中舉兩例為證：

兄當着東妹着西，囉，
父母嚴硬唔敢來，囉，
十二精神帶兄去，囉，
唔知親兄知唔知，囉。

巴豆開花白拋拋，囉，
妹當共兄做一頭，囉。
白白手腿分兄枕，囉，
日來相斟舌相交，囉。

這可能是鹹水歌的一種。但呂少泉先生論述尚不夠具體。黃雲波在《廣州疍俗雜談》中說：

鹹水歌以七言為主，其不只七言者，節拍須與七言等，句數無定，女唱男答，各具稱呼……

這論述較實際。其實「疍歌」即鹹水歌是沒有這樣「雅」的，它自然、樸實、率直、鄙俗，有時甚至雜有穢語，並且是口語化的，即以廣州話俗語唱出。其唱法為男女對唱，各唱兩句，每句多為七個字，有叶韻和沒有叶韻的，無樂調，無雅麗詞藻，「很少婉轉纏綿之致，但異常的真切而又諧美」（清水語《民俗》），又多是調情挑逗的氣氛，是最具有地方色彩和最不受拘束的自由抒發愛情的歌。

其唱法，由男性唱出時，首句末押以「唎姑妹（去聲）」，末句押以「唎（下平聲）」。如由女性唱時，首句末柙以「唎兄哥（去聲）」，末句同樣以「唎（下平聲）」為押。羊城竹枝詞就把鹹水歌的唱法也寫入詞中：

> 漁家燈上唱漁歌，一帶沙磯[1]繞內河。
> 阿妹近興鹹水調，聲聲押尾有兄哥。

明月初上，岸邊的船隻排列仿如浮橋，擺盪在水波之上。其時從後艙或船蓬間漏出縷縷炊煙，煙色淡青，好像一條薄薄的紗帶，把淡藍的河水和淡藍的天空連結在一起。在這一色淡藍間，傳出了輕輕的拍水的聲音，這是微浪敲打着船頭，這是裸露全身的小孩子在戲水。宋人周去非在《嶺外代答》中是這樣記述的：

1　沙磯：河流中露出的沙石堆。

法國《天下畫報》1858 年 7 月 3 日刊登的《珠江兩岸風光》

蜑家小孩從會笑時起，母親就以柔軟的布帛束在他背上，放在水中教他浮水；會匍匐前進了，就用長繩繫於腰間，繩的另一端繫一短木，讓孩子借助木的浮力浮水。

這時，有三五艘船隻在消失了炊煙的船排間穿插着，遊刃其間。屈大均說：「粵人善操舟」，即使是大型船隻，也是駕駛自如的，「諺所謂，廣州大艨艟，使得兩頭風。輸一篷，贏一篷也。橫行曰輸，直行曰贏，篷，颿（帆）也，以蒲席為之」。（《廣東新語》）可見，廣州水上人家操舟如陸上人的步行那樣方便。但是，只要仔細看看這幾隻遊動的船隻，可以發現他們在船尾上有的放盆草，有的放盆花，這些花草並非尋常人認為是船上飾物，它是另有含義的。《廣東新語〉是這樣解釋的：

> 諸蛋以艇為家，是曰蛋家。其有男未聘，則置盆草於梢，女未受聘，則置盆花於梢，以致媒妁。婚時以蠻歌相迎，男歌勝則奪女過舟。

《開平縣志》記諏：

> 其男將娶婦，移舟相望，結綵於檣，各致客豪飲，燃炬達旦，互相唱歌，歌一闕則鳴金隨之。既而歌漸促，金漸緊，移舟相並，男以手掖女而過（今則用蛋婦掖之過船矣），颺舟遠去。

水上的生涯和舟中的婚娶，往往都是以鹹水歌為表意的媒介，如果從感情的角度看，沒有鹹水歌，就沒有水上人家的延續。從這點意義上說，鹹水歌簡直就是水上居民的族歌了。只要你漫步珠江河畔，就會聽到從珠江河面飄來別具一格的歌聲：

女唱：

門口有棵摩囉菜唎，兄哥，

唔聲唔盛走埋來咧。

男唱：

蕹菜落塘唔在引咧，姑妹，

兩家情願使乜媒人咧。

循聲望去，越過船蓬，岸邊幾棵荔枝樹蔭下，不很寬闊的支流兩岸，各置三五艘船艇，歌聲即從此而起：

女唱：

上東落西攜帶小妹咧，兄哥，

帶埋小妹去走江湖咧。

男唱：

上東落西想帶小妹咧，姑妹，

海波浪大我難行咧。

女唱：

頭槳可撐二槳可棹咧，兄哥，

丟低二槳共哥商量咧。

男唱：

有水行船無水食播咧，姑妹，

有姑同講冇姑同牀咧。

女唱：

豬肉煲湯和有淡菜唎，兄哥，

唔嫌待慢久久開來咧。

男唱：

豬肉煲湯落的正菜唎，姑妹，

晚間睡下有妹來陪唎。

女唱：

蕹菜落塘枝葉青唎，兄哥，

結契相交要盡情咧。

男唱：

慢慢試真佢嘅品性唎，姑妹，

對天盟誓至好應眾唎。

鹹水歌是觸景生情、睹物而歌的，它抒發感情是坦率而大膽的，甚至是把感情裸露在這天水間，像水一樣明晰，像天空一樣晴藍。世間的事物，有時是一眼透穿為美，鹹水歌就像水中一枝花，這花只有經淨水的沐浴，甚至是為水所淋濱才能盡致的。鹹水歌手就是這樣毫無禁忌地、充分地宣洩自己的感情。

4 本色鹹水歌

過去廣州的河南是蜑家的上落點，河南江岸東起石涌口西至白鵝潭[1]，都是水上人家活動較多的江岸線。因此，那裏的鹹水歌也特別多，陳序經先生曾輯錄了一些：

女唱：

邊位啲朋友來唱吓姑娘呢，兄哥，

唱完姑妹共你賞吓月光明囉唎。

男唱：

今晚啲十五月光人共賞囉，姑妹，

我嘟請位姑娘嚟傾吓囉唎。

女唱：

賞月啲高興人人有的呢，兄哥，

1 白鵝潭：今廣州市西南珠江三叉口白鵝潭，為水路交通要道。清屈大均《廣東新語》：白鵝潭「珠江上游二里，有白鵝潭。水大而深，每大風雨，有白鵝浮出。故名。相傳明黃蕭養作亂，船經此潭，白鵝為之先導。」

白鵝潭舊影

一襲黑衣的蛋家女子撐着小艇

月神嘟哟唔想你哋所為囉唎。

男唱：

哈哈哈嘟哈哈哈真好笑呢，姑妹，

我喜歡你哟聲音如鶯唱囉唎。

女唱：

滴滴瀝瀝嘟哟鶯音今人敬呢，兄哥，

估你嘟唱出來我聽出耳油囉唎。

男唱：

我嘟哟發瘋你都摟我耍呢，姑妹，

耍埋今晚又共你吓蝦魚囉唎。.

女唱：

蝦又蒸時魚又炒哟咯，兄哥，

蒸蒸炒炒嘟共你同檯囉唎。

現在我們聽到地道的鹹水歌多出了「嘟哟」等助語詞，同時每句字數是不限的，不過音節還是與七言相同的。例如：「邊位哟，朋友，來唱吓，姑娘呢，」照此類推。當時在廣州河南一帶，唱鹹水歌的名手很多，比如有大口金、生果榮、桂好、靚妹娣、水蓮、阿甜妹等等。下面聽一段生果榮與桂好對答的蛋歌：

生果榮（以下簡稱榮）唱：

桂好你坐嘟坐在艇頭來賣俏囉，姑妹，

猶如我嘟啲生果人心嘟甜囉唎。

桂好（以下簡稱桂）唱：

人坐艇頭嘟啲來賞呢，兄哥，

不似你嘟啲賤格亂車來囉唎。

榮唱：

我嘟一片真心嘟啲同你耍囉，姑妹，

見你啲秋波一射身都軟埋囉唎。

桂唱：

而我嘟你都身軟一陣你都身硬囉，兄哥，

明天你的屋企喊你的陰魂囉唎。

榮唱：

如果都得妹真心我都心甜囉，姑妹，

我嘟啲情願死在妹的身前囉唎。

桂唱：

㕭㕭㕭亞榮你死都關乜我事呢，兄哥，

而家你死咗忤作嘟啲執去埋囉唎。

榮唱：

桂好嘟有咁好情義嘟令我愛囉，姑妹，

不如同我嘟賣的生果嘟做伙記囉唎。

這是屬於一些鬧耍的對唱，但也表現了鹹水歌最普遍的男挑女逗的情調，歌詞中除了順口而唱的調情罵俏外，還運用了許多廣州話：吓（一下）、嚟（來）、傾吓（談一談）、唔（不）、哋（的，有時作多數詞「們」解）、估（猜，估計）、埋（了、完）、亂車（亂說謊話）、屋企（家裏），等等。

可以看到這是口語化的，完全沒有修飾的成份，這是純粹的民歌。

5 對唱與獨唱

廣州鹹水歌除了對唱的形式外，還有獨唱的。這獨唱一般是唱某一個人或是唱某一件事的。這種獨唱的鹹水歌近似粵曲了。現摘錄三首如下：

《疍家妹真銷魂》

你如果妖孽，整得咁派頭[1]，

1 咁派頭：這麼華艷。

時常賣俏惹人嬲[1]。

你裝扮咁銷魂，睇[2]睇到透；

做乜[3]你仲[4]花紅辮綫團成珠，

耳環翠色半含羞？

一雙淫眼襯住櫻桃嘴，

個件[5]藍衫益發惹人愁。

懷裀着胸前遮住個對奶，

一毫香苞扣在襟頭。

下着烏褲一條光到滑溜，

青蓮[6]褲帶露出兩個絲球。

腳鈪[7]打成蓮子藕，

水磨雪白足踭頭。

1　嬲：喜歡，愛慕。

2　睇：耐看，值得。

3　做乜：為什麼。

4　仲：還。

5　個件：那件。

6　青蓮：紫色。

7　腳鈪：腳圈。

你行動猶如風擺柳，

果籃手挽咁就兩頭遊。

這首獨唱，把一個疍家女描寫得栩栩如生，她的相貌、眼睛、頭髮、衣着、腳飾、神態、動作都作了生動而真實的描繪，這是藝術的一斑。

《疍家妹賣生果》

講聲香荔兼共糖蓮藕，

香蕉菱角潤得你嚨喉，

沙梨更重桑麻抽，

夏茅芒果美味珍羞；

頻婆熟透伊開口，

最好係西瓜，君呀，

你紅都食透，

恐怕你甜橙得食又番頭[1]；

石圍楊桃真正滑溜，

有樣香甜圓眼[2]出在平洲；

1 番頭：回頭。

2 圓眼：龍眼。

19 世紀通草畫《賣西瓜》

白欖心思嚐不歇口，

菠蘿蜜味會水流流。

果色咁多問你邊樣中意來消受？

邊位嘟啲朋友想幫襯[1]就開聲咧。

嶺南水果，品種之多而且又是佳品美味，那是譽滿全國的。這首鹹水歌，不但歌聲悅耳掠人，而且介紹許多嶺南佳果，能不使你垂涎三尺麼？這鹹水歌也是「唱賣」，但它卻又完善多了。

聽了這首歌後，彷彿看到一葉小艇，滿載色彩斑

1　幫襯：光顧。

爛的水果，船尾坐着一位穿着薯莨[1]窄衫的健美迷人的疍家妹，正一邊徐徐划着船槳，一邊動人地歌唱着。那顏色、天空、河流、人物，構成了一幅南國生活的圖景……

很自然地，人們又會想起馮詢《珠江消夏竹枝》的其中一首：

> 薯莨衫窄笠絲堆，
> 裝束隨宜笑口開。
> 午睡乍醒魂夢脆，
> 絕清三字荔枝來。

掩卷思之，好像還聽到「搖櫓聲相續」（清代黎美周詩語）。這是水上居民生活的一面，另一面卻沒有那樣抒情那樣美了。其實，從整體來看，疍家的生活是很苦的，民諺這樣說：「官三，民四，疍家五。」可見「疍民的生活，是極困難」的。（羅香林《疍家》）他們

1　薯莨：多年生纏繞藤本植物，地下有塊莖，外紫黑色，內為棕紅色，可用於染棉、麻織物和魚網、漁衣等，使利水耐用。對於長期行走江河的疍家人而言，薯莨衣易乾且價廉，是一種長期流行的服裝。

疍家女

除了一般平民百姓所受的苦外，還受到特別的歧視和壓迫。所以他們常常「怨命」：

唉，朋友呀妹，
柴米呀油鹽就容易搵呢，
朋友呀妹，
之總係萬惡呢金錢就搵未能呀呢。
唉，朋友呀妹，
你睇吓當鋪就當呀衣呢，
但又唔就唔當命呢，朋友呀妹，
我呢條呀難難命呢，

又怕比當呀呢收呀藏呀呢。

唉，朋友呀妹，

你睇吓熱頭[1]佢曬衣呢啦，

唔就唔曬命呢，朋友呀妹，

我呢條呀難難命呢，

又怕曬極都曬佢呢唔呀成呀呢。

《怨命》鹹水歌唱出水上人家命賤，它先從具體咏嘆搵食難開始，接着用比喻方法說明命不如衣，衣服可當（有價值）可曬（有轉機），但命卻不成，所以這是一條「難難命」。這是疍家深沉而辛酸的嘆息。他們將淚水溶化在自己的歌聲與。

清代勞孝輿《阮齋詩文鈔》中有廣州竹枝詞云：

蜆埠年來慣漸高，

蜑船終日尚勞勞。

東南水利皆成稅，

何地還堪漫下篙？

1 熱頭：太陽。

在疍家人看來，連下篙的地方也沒有，怎麼不命苦、命賤呢？其實，《怨命》是疍民在重壓下的悲憤之聲。因此，疍民把反映他們生活的鹹水歌又稱為「嘆命歌」。

不過，鹹水歌還是以男女對唱、各唱兩句的居多。目前現有的資料，多是記錄歌詞，但在一九二六年鍾敬文先生的《中國疍民文學一臠》中，卻記錄了一首有詞有譜的鹹水歌，這恐怕是比較少有的一個珍貴記錄了：

日落西山是夜昏，囉，

士士上 X 六工 X 上士

點起孤燈照孤房，囉，

士 X 上上士合合 < 工

日來想見勿得暗，囉，

士士上 X 六工 X 上士

冥來想兄到天光，囉。

士 X 上上士合合 < 工

餘音：上士合　工 X 合　上士合上合

這樣，從這記錄中不但知道歌詞內容，而且了解到它大概的唱法，或者說，可以知道鹹水歌的一種唱法。其實，廣州鹹水歌的唱法，尤其是在句中襯詞的使用上是比較靈活的。一九八一年廣州市文藝創作室編印了《廣州地區民歌一百四十首》，其中就輯錄了這樣的一些鹹水歌：

男唱：

妹呀好啊哩，

海底珍又珠呀哩容易又搵呀哩，好妹囉，

妹呀好啊哩，

真又心呀哩啞亞又妹哩世上難呀哩尋呀囉。

女唱：

哥呀哩，

海底珍珠哩容易搵哩，好哥呀囉，

哥呀哩，阿哥世上難哩逢呀囉哎。

男唱：

妹呀哩，

筷子一雙哩同妹拍擋哩，好妹呀囉，

妹呀哩，兩家哩拍擋就好商哩量呀囉哎。

女唱：

哥呀哩，

生食藕瓜哩甜又爽哩，好哥呀囉，

哥呀哩，未知哩何日筷子挑哩糖呀囉哎。

男唱：

妹呀哩，

鷄跳蔴籃哩心攪亂哩，好妹呀囉，

妹呀哩，未知哩何日結良哩緣呀囉哎。

女唱：

哥呀好啊哩，

山頂種又葵呀哩葵葵合扇呀哩，好哥囉，

哥呀好啊哩，共又哥呀哩携手結良呀哩緣呀囉。

這是蔡誌銓記錄的一段鹹水歌。它的襯字襯詞特別多，表現了鹹水歌多種多樣的唱法，它纏綿動人的情調，更恰當地表現了蛋戶青年男女的思想感情。冼星海在《民歌與中國新興音樂》一文中提到：

中國民歌還有它的襯詞，比如唉呀、喲、啊、嗨等等，都是為外國音樂所沒有的，這些襯詞表達出民衆工作時偷快或悲苦的情緒。

鹹水歌就是這樣充分利用襯字襯詞，來表達人們的情思，達到盡善盡美的境界。

疍家是以鹹水歌來表白自己的，所以，「他們生活之絕大安慰與悅樂便是唱歌。休息時，固然要唱，工作時尤要唱，獨居時固然要唱，羣聚時更加要唱，所以在他居處中，無論是在煙霧猶迷的清晨，日中鷄鳴的停午，月明星稀的晚上，都可聞到他們宛轉嘹亮的歌聲，有如歌者之國一樣。」（羅香林《疍家》）

鹹水歌以它柔揚的聲調、坦率的表白、潑辣的調情，和唱盡水上人家的生活感受而聞名於世，它是疍家人思想和生活、性格和習俗、感情和歷史的見證，因此，研究鹹水歌是很有意義的。

五　婚俗歌的形形色色

1 喜事臨門，歌聲不絕

婚俗歌是在婚事中表心意和鬧耍的歌，包括有嘆情（或稱送老）、攔門、坐堂（或稱堂歌）、送花、鬧房、糖梅等等。按鄧綏寧先生說：

> 粵歌是一個泛稱，其中包括的歌有攔門、坐堂、送花、糖梅、採茶、踏月、拋帛、跳禾、師童以及獨歌、月歌、踏歌、歌仔，除踏歌一種歌辭尚存清朝的李調元《粵風》中，其餘的歌辭均已失傳。(《廣東文獻》第十卷)

但是，廣州婚俗歌中的開嘆情、題四句和鬧房歌等，仍偶有文字記戰，得以僥倖為後人研究和欣賞。

粵人婚事，從女方出閣到三朝回門最為熱鬧，因而這段婚事過程中的歌也最多，可以說整個婚事都是以唱歌來致賀的。宋朝的周去非在《嶺外代答》中說：

嶺南嫁女之夕，新人盛飾廟坐，女伴亦盛飾夾輔之，疊相歌和，含情悽惋，各致殷勤，名曰送老。言將別年少之伴，與之偕老也。其歌也，靜江人倚「蘇幕遮」為聲，欽人倚「人月圓」，皆臨時自撰，不肯蹈襲。其間乃有絕佳者。凡送老皆在深夜，鄉黨男子群往觀之，或於稠人中發歌以調女伴，女伴知其謂誰，亦歌以答之，頗竊中其家之隱匿，往往以此致爭，亦或以此心許。

再看看《中華全國風俗志》和《廣州府志》的記述：「明，廣州，舊俗民家嫁女，集群婦共席唱歌以道別，謂之堂歌。今雖漸廢，然落尚或有之。」如果翻開屈大均的《廣東新語》或李調元的《粵東筆記》，可以看到清朝人更加詳細的記載：

粵俗好歌，凡有吉慶，必唱歌以為歡樂，以不露題中一字，語多雙關，而中有掛折者為善。

掛折者，掛一人名於中，字相連而意不相連者也。其歌也，辭不必全雅，平仄不必全叶，以俚言

法國《天下畫報》1858 年 7 月 3 日刊登的
《廣州富商的婚禮》

土音襯貼之，唱一句或延半刻，曼節長聲，自回自復，不肯一往而盡，辭必極其艷，情必極其至，使人喜悅悲酸而不能已已，此其為善之大端也。

故嘗有歌試，以第高下，高者受上賞，號為歌伯。其娶婦而親迎者，婿必多求數人與己年貌相若而才思敏給者，使為伴郎。女家索攔門詩歌，婿或捉筆為之，或使伴郎代草。或文或不文，總以信口而成，才華斐美者為貴。至女家不能酬和，女乃出閣。此即唐人催妝之作也。

> 先一夕，男女家行醮，親友與席者或皆唱歌，名曰坐歌堂。酒罷，則親戚之尊貴者，親送新郎入房，名曰送花。花必以多子者，亦復唱歌。自後連夕親友來索糖梅啖食者，名曰打糖梅，一皆唱歌，歌美者得糖梅益多矣。（屈大均《廣東新語》）

從地方志和古代筆記看，在進行婚事過程中，是「一皆唱歌」的，這已經成為嶺南的一種風俗了。現在就手邊的資料談談這些婚俗歌。

2 哭嫁歌——開嘆情

廣州的婚俗，是一種喜慶的婚俗，其歌原應一概令人「必唱歌以為歡樂」（屈大均《廣東新語》）的，這似乎不用置疑。但是，奇怪的是在這一類歌中，有一種名曰「開歎情」的，卻沒有這種喜慶的氣氛，倒是帶着哭聲唱的，歌詞內容也多哀怨，實在是一種怪異的婚俗歌。

據說開嘆情主要是表示女兒戀家之情，現在父母忍心把她出嫁而不能盡兒女的孝心，尤其是媒婆的花言巧語慫恿其父母撮成婚事，等於是割斷其在家裏地位和對父母的依戀之情，所以，一旦出嫁，怨其父母的狠心，恨媒婆撮合的毒心，因而以歌代言，唱出其心中的怨恨，故哭唱咒罵皆有之。

清代的陳徽言在道光庚戌（一八五〇年）寫了一本《南越遊記》，書中記述：

> 廣州女子于歸時，鄰里戚黨咸來送嫁，每一人至，相對噫嗚流涕，若歌若哭，移晷乃罷，已復自詈媒妁並及其夫，情辭憤惋，滿座唏歔，俗謂之「開嘆情」。其平日蓋皆有人教之使然，甚或一二不善哭者，衆反以為不祥。兒女離厥父母，嬌癡之態，發於自然。詩所云「女心傷悲，殆及公子同歸」，不其然乎？獨局外者相與助哭，未免多此裝模做樣行徑。百兩盈門，哀聲雷動，殊可粲也！

這則筆記寫出了「開嘆情」的概況，令後人有一個形象的認識。現在我們來聽聽它的歌。

開嘆情的開唱，必先喊受歌者的稱謂，如「唉，阿爹呀！…」「（哭聲）阿娘呀！」然後，唱出心裏的怨和恨，至表述完後一句末亦有一個「呀」字。開首句「呀」字是唱出去聲，末句「呀」字唱出下平聲。每首嘆情都是同音異調相接，怨恨之聲很能感人，而旁聽者卻引以為樂。唱者與聽者的氣氛那樣不協調，真是一種奇異的風俗現象。

台灣學者馬之驌在他的《中國的婚俗》一書中，是這樣描述的：

> 舊時女子無社交機會，更不可能與男子接觸，所以一提到嫁人，就有幾分羞意，尤其當待嫁有期時，都很害羞，因此，在出閣的前數日，必都深居閨房，不敢出頭露面。不過，作父母的，都照例把親友或鄰居的少女請來為女兒作伴，一直陪伴到出閣為止。這些被邀請的少女當然都是「待嫁娘」平日要好的手帕之交了。在此期間，「待嫁娘」每於人前哭泣，而且不時哭唱哀歌，這些來作伴兒的女友也不時一塊兒唱哀歌，俗稱「開嘆情」。此地「開嘆情」之俗，是嫁女之家的一個重要節目，尤其有才情的「待嫁娘」，她可定時哭泣歌嘆，以便吸引鄰居前往聽歌，藉以顯示她們的才華。她所開嘆的

歌詞，則因人因事順口而歌，或則懷念親情，痛惜生離，則一人一歌，或借物咏懷，或觸景闡情，則一事一歌，一物一歌；這些女伴也互相唱和，哀艷動人，其歌詞多能含雅韻者，而成一時之美談。

其實，「開嘆情」的場面是很熱鬧的，房子內外人頭攢動，間有挑逗的聲音。突然，將出閣的少女從少女群中發歌唱道：

一出日頭曬得高，
交帶我爹等三朝。
三朝唔等等七朝，
七朝唔等等九朝，
九朝唔等心就焦。

這樣，嘆情就算開了。之後，歌聲斷斷續續相接，如果旁聽者有發歌挑逗，立刻會引起鬥歌的熱潮，或互答，或互罵，或互嘲：

發歌：
唱歌人姐真正好歌喉，
敢同你哥唱到日出頭。

民國早期香港蘇瑞生中藥廠廣告上的新娘子

最好收聲回家去睡覺，
在我枕邊聽你唱溫柔。

對答：

唱歌人仔會藏躲，
想佔便宜心又多，
阿姐本想點醒你，
怪你長個牛耳朵。

一陣打鬧、歡笑、讚嘆之聲驟起，多是對才思敏捷的女伴的稱讚。之後，將出閣的少女又唱：

一來難捨爹同娘，
二來難捨姐間房，
三來難捨我哥嫂，
四來難捨姊妹行。

鴨子落塘合過陣，
拆散你妹一個人。
柚柑擘片分離散，
香橼擘片分離難。
同你一對雞公子，

上廳撿穀下廳啼，
打開籠門就拆散，
我姊在東妹在西。

第一哭句天上月，
月朔團圓天下明；
第二哭句田邊草，
草死禾生米便宜；
第三哭句家和睦，
齊心才有萬事興；
第四哭句福星照，
爹娘高壽享晚年；
第五哭句人心好，
各家各戶永安寧；
第六哭句時日好，
風調雨順過太平。

唱到媒人，語氣突變，字字毒辣刻薄，句句是咒罵之聲。劉萬章《廣州的舊婚俗》記錄了一首：

山中啊鬼，

你使過我爺銀共兩，
三年大病不離牀，
你黃瓜倒瓤黃瘟病，
又歸西瓜倒瓤咯血死；
左腳入門生賤趾，
右腳入門生大蹄；
上到橋頭橋板拆，
就將橋板釘棺材。

（哭着罵夫家）
保祐閻王家冚剷[1]，
剷為平地起庵堂：
七星大寶殿，
殺死陰人女復陽。

過去女孩子的婚事，掌握在兩種人手裏，除了父母親，就是專靠舌頭搵食的媒人。父母憑主觀為女兒安排婚事，媒人卻靠婚事去賺錢。兩種人的目標不同，卻往往做成一種效果，即撮合並不如意的婚姻，這就是所謂

1 冚剷：全部剷掉。廣州話的「剷」還有死掉的意思。

清代廣州外銷畫畫師庭呱線描畫《媒人公》

「父母之命，媒妁之言」。因此，婦女對於降臨到自己身上的痛苦婚事的怨恨，都集中到媒人那張謊言騙語的嘴上。

開嘆情的內容是多方面的，形式也是自由的，它沒有受到限制，只要是表示「待嫁娘」的心意就可以詠嘆，所以，它能廣泛地利用各種詩體形式來表達自己的心境，比如利用「數月詩」體來咏嘆也是有的：

《十二月嘆詞》

唉，我妹呀，

正月水仙檯上擺呀，

還有石卵伴住水仙頭呀。

二月桂花貴地種呀，妹，

你姊學人閑話貴地長呀，唉衆妹呀。

三月白蘭過街叫佢買呀，

買來白蘭奉神呀。

四月黄蘭難到底呀，妹；

我難到底冇乜誰知聞呀。

唉，我嘅各位姊妹呀，

五月鷹爪冇心人冇義呀；

你姊冇心咁就苦低蓮呀。

六月米仔蘭兩樣米呀，妹呀；

問你兩樣花名邊樣香呀。

七月玫瑰花香由我媽親手種呀；

官家[1]看見全盆搬呀，阿妹呀。

唉，我嘅各位姊妹呀，

八月金菊海棠來鬥艷呀；

我媽移佢到廳堂呀。

九月白菊花開開得含笑口呀，妹；

菊花含笑我含愁呀。

唉，我嘅各位親愛阿妹呀，

十月大紅花開得滿園紅過日呀；

紅花難續我命長呀。

唉，我嘅各位親愛阿妹呀，

十一月桃花含蕊笑呀；

佢家歡喜笑我擔愁呀，妹。

唉，我哋親愛阿妹呀，

十二月臘梅花開年將近呀，

保佑我爺娘壽命延長呀。

1　官家：此處指男家。

據說這是廣州花地的「待嫁娘」通常唱的嘆情，這「數月」式的嘆情是借花訴說了自己離家出嫁的愁苦，表示了新娘眷戀娘家的思想感情。同時，表現婦女對封建禮教的反抗，和對自由婚姻和對幸福生活的追求。像這樣的歌，它的內容包括了戀家、嫁得不稱心、對爹娘的祝願，和間接或直接表示自己的意願等等，成了「開嘆情」歌的基本調子了。

「開嘆情」一般以七言為基礎，雜有其他字數的句子，形式相當自由。現舉小冊子《俗本紅白事嘆事書》中所輯錄的「嘆情」為例：

唉！

我的姊呀！

十月陽春唔係冷，

點解拈針日日敗衣裳？

窮等人家粗着[1]慣，

使乜紅紅綠綠咁在行？

個日媒人三嬸到，

1 粗着：不計較穿着。

原來係姊包檳榔[1]，
外向生成從古話，
盲婚啞嫁實在淒涼。
成世肉隨砧板上，
算你鳳冠霞珮亦尋常。
好極翁姑唔似新生養，
好極才郎都要去外鄉。
唉！
我的姊呀！
真係崗邊生草無時日，
不經不覺十多年長。
明日花轎臨門吹打響，
返歸何日共姊商量。
一個雪梨分共享，
今日分享重慘過鴛鴦。
剩妹孤單年未長，
好似粒粒蓮子苦心腸。

1　包檳榔：粵俗的訂婚儀式。

可見這是新姨仔的嘆情。嘆情利用了比較自由的長短句，並且使用了「唔係」「點解」「粗着」「使乜」「嘅」「仲」（還）等等口語化的語言，還和其他民歌一樣運用了「比」（「成世肉隨砧板上」「好似粒粒蓮子苦心腸」）「興」（「真係崗邊生草無時日」「一個雪梨分共享」）手法，通俗形象地抒發了當姊姊臨嫁前的難捨難分的姊妹情。

「開嘆情」的活動，往往是通宵達旦的。到迎親的人在外邊叫門，迎親的鼓樂聲齊鳴，男家隊伍緊張催促的時候，房內的「開嘆情」也就更熱鬧了，連唱帶哭的「嘆情」也更厲害了，一直到有人以「別誤吉時」相勸時才停止。

這就是「開嘆情」活動的一般情況。

3 賀婚歌——題四句

廣州婚事的習俗，還有在入洞房之前的「食煖堂飯」。吃飯時，照例有「題四句」的活動。簡又文在《廣東的民間文學》中這樣記述：

> 於大廳中置大八仙桌設盛筵，新娘新郎坐於一方，朝着大門，有「案兄弟」[1]四人分座兩旁陪伴同食。一方高插龍鳳花燭，按時燃着。各就座後，即由案兄弟高聲「題四句」，唱出吉利賀辭，旁觀者為之鼓掌，倍加熱鬧。(《廣東文獻》)

這就是說，「題四句」多是即興之作，隨作隨吟唱，睹物隨情而發揮，一般是很難留傳的。幸而在一九四六年間，在地攤書檔中出現過一小冊子《廣州四句》，尚存綠了一些「題四句」的痕迹，可以從中窺見這幾乎被湮沒的俗文學的面貌：

肆筵設席甚歸齊，
聚集一堂賀娶妻。
合巹交杯傳古例，
戚友親朋四句題。

乘龍今夕小登科，
俗語常言娶老婆。

1　案兄弟：新郎同窗或摯友。

五百年前因有果，
禮行奠雁是初初。

君子今宵逑淑女，
夫婦同心共唱隨。
兩老添壽成百歲，
兒孫代代壯門閭。

祝賀喜事財順遂，
新婚獲福把邪驅。
互敬互愛互諒解，
永諧伉儷賦關睢。

新郎新娘人壯健，
財源滾滾買肥田。
百福永在無改變，
世代榮昌享萬年。

其實，「題四句」不一定是七言的，簡又文先生就題過「龍燭輝煌，照耀煖堂，之子于歸，宜爾家邦」這樣的四句。看來「題四句」除規定是四句話外，只要是「吉利賀辭」即可。比如「賀喜賀喜，今日飲杯喜酒」，祝福新婚夫妻，永諧百歲」，這樣題四句也是有的。所以客家人辦喜事時，索性把這一活動稱之為「說四句」。也有人說它是「題試句」。

李漢樞的《粵調說唱民歌沿革》中這樣說，題四句——

> 作用在求吉利，但也借此以取笑，甚或挖苦新婦新郎，謔而虐的，主人也不見怪。……衣冠齊整的人，路過喜宅，適逢舉行梅酌，隨便可以入座參加，主人反以為榮，不必問是否有親故。

入座之後，助興者便可以「題四句」，雅俗均可，不必拘束，隨說隨樂，比如：

> 魷魚似個啤[1]，
> 蓮藕切風車。
> 阿媽都話：「唔嫁自咯。」
> 我話：「就咁呢！」

這樣通俗諧趣的「題四句」，往往是能夠使歡樂的

1　啤：筒形的意思。

婚事更添熱鬧的。所以，旁觀助興者不亞於「開嘆情」那樣熱烈活躍，其取鬧也不會低於鬧新房時唱「鬧房歌」的歡動喧笑氣氛。

不是嗎？客人以「題四句」好意笑話新娘早有喜了：

明日見阿嫂，
快哋問個早。
佢話唔得閑，
趕住去買醋[1]。

4 新房歌——鬧房歌

鬧新房——這是婚俗的高潮。在婚俗歌中，鬧房歌也最多。

一九四七年廣州民智書局印行了一本小冊子《新編趣致鬧房歌全集》，裏面就列有慶賀新婚的、初嚐滋味的、新婚佳景的、讚羨才貌的、恭賀鮮花的、花箋大

1 買醋：孕婦喜吃酸食，以此暗示新娘有孕在身。

意的、賀遞雙杯的、洞房花燭的、嘲笑姨婆的、九子連登的、夫妻恩愛的、慶賀古人的、恭賀大衆的鬧房歌等等，可見鬧房歌類別之豐富，鬧房這一婚俗的熱鬧是不難想像的了。

坐在蘭房上，
公舉我來唱，
歌詞唔熟未精良，
記得幾句唔似樣。
亦要唱，
或時有加賞，
賀汝兩人真好命，
有子有孫笑洋洋。

「唱頭」一開口，鬧房歌就算開場了，那此起彼落的鬧房歌聲，這邊歌聲剛停止，那邊就唱出來了：

吉期新又彩，
天決鸞鳳配，
牛郎織女渡河來，
選定良時今晚會。

初相愛，

天長地久耐，

恭賀明年早生仔，

請飲薑酒我到來。

有的鬧房歌是由一個「好」字帶出來的：

好人更好禮，

好酒好埋晒，

好運自有好生涯，

好女送來好女婿。

好夫妻，

好禾兼好米，

好時好日雙杯遞，

好福好壽百年齊。

鬧房歌多數是一些賀喜的歌，特別是對新郎新娘的讚美，而重點又多是在對新娘的品評上：

新娘真好樣，

柳眼非凡相，

身材生得好排場，

艷冶豐姿殊堪賞，
白又靚，
妹妹難休想，
縱使西施猶推讓，
傾城絕色確超常。

這樣的鬧房歌，可以通宵達旦的你一首我一首的唱個不停，其中也雜有鬧趣的鬧房歌：

歌仔都搜盡，
新郎又唔信，
聲聲話我唔夠勤，
肚與有歌口難認。
若要唱，
唔嫌我俗品，
喊我唱歌唔抵緊，
糖梅米煎要卅斤。

有時就是這樣你逗我唱，我唱你續，常常到月掛西枝啟明星初露時，鬧房的親朋戚友尚有不止的，好心的人馬上提醒大家：

啟明星將上，

靈雞就想唱，

新人嘅話幾夜長，

今晚唔同昨晚樣。

結鴛鴦，

千祈勿推讓，

兩人同愛同歡暢，

猶如彩鳳去朝陽。

這種勸止是非常得體的，有些鬧房就此而止了，有些卻是幾個人（一般是伴郎伴娘和至親）一齊唱一首「恭賀大家」的鬧房歌，以表示新喜之家的祝願和答禮：

歌仔個時都唱過，

又來唱出好時離。

新郎新娘來聽唱，

夫妻和順百年長；

新翁家婆來聽唱，

好時好日做家娘；

八十公公來聽唱，

越老越壯福壽長；

八十婆婆來聽唱，
逢孫見塞幾高強；
深閨美女來聽唱，
針黹[1]工夫甚非常，
七姐下凡來贊賞，
仙姑共你結紅娘；
讀書君子來聽唱，
手扳丹桂姓名揚；
横梳大嫂來聽唱，
必定一胎生仔兩；
耕田阿哥來聽唱，
斗種還割二十籮；
生意司頭來聽唱，
來錢鈿小利錢長；
打工阿哥來聽唱，
工錢雙倍收入漲；
媒人阿婆來聽唱，
時時送嫁走路長；

1　針黹：指縫紉、刺綉等針綫工作。

個個人仔來聽唱，
快高長大身體強。

鬧房歌除了集體唱的外，一般是有一定格式的，多是一首八句，其字數依次如下：五言二句，七言二句，三言一句，又五言一句，又七言二句作結。

婚俗歌是充滿熱鬧氣氛的歌，我們在研究這些婚俗歌時，不難看出人們樸實真摯追求美滿生活的願望。讓這些帶着喜慶和歡樂的古老歌聲，去耕耘現代人們那善良的心田吧！

六　呼天搶地的喊歌

1 長歌當哭

喊歌，是悲痛欲絕的生離死別之歌，是人們在永訣時唱出來的哀怨、祈求的歌。粵語稱「喊」，就是「哭」。所以，喊歌就是哭着唱的歌。一句話，就是辦超喪事的歌。這類歌，客家人稱之為「叫哀子」。金帆在談到喊歌時這樣說：

> ……這種「曲」即調子，很簡單，很自由，可任意伸展，「詞」則長短不拘，沒有韻，代替韻的是每一句後面附有一個「爺」或「娘」或「夫」字（看死者是誰而定）。有些聰明的中年婦女或經驗豐富的老太婆，她們會把他們的生活、過去、現在、未來，一句一句地哭訴出來，哭一兩天也哭不完 —— 雖然有些地方會重複。因為是由生活裏面迸出來的心聲，有真的生活和真的感情，所以非常

之感動人。詞句也非常之形象 —— 生動而具體，很少抽象的吶喊。(《方言文學》)

屈大均的《廣東新語》記述了發生在明末清初的這樣一個故事：

> 丙戌，廣州不守，女投井而死。……
>
> 一夕月明，李見一好女子身被濕衣，前拜曰：「妾湛氏女也，非君執議，游魂無依矣。請賦詩志妾之死。」言畢而滅。予撫琴而為之操曰：「嗚呼噫嘻，井之陰陰兮，得君子其魂嫁猶不沉兮。匪一曰之沉兮，何以得君子百年之心兮。謝君之友兮，以禮而合，幽明之瑟琴兮。

圓墳

這個故事裏，李生撫琴所唱的就是喊歌。比這更早的，如《詩經》「國風」中的《葛生》（妻哭亡夫）、「小雅」的《蓼莪》（子哭父母），也都是喊歌；《莊子》中的「大宗師」篇中還寫到三人「臨屍而歌」等。可見喊歌的出現是很古老的。

不過，那些也許都經過文人的修飾，而流傳在民間的喊歌，則沒有這樣「雅」。

現在舉妻哭夫的例子：

有你在生，大鍋煮；
冇你在生，吃番薯。

這是很通俗、很實際、很具體的喊歌，它用對比的手法，表達了妻子對死去丈夫的懷念。不過沒有那樣文縐縐，而是大膽地借柴米夫妻的現實生活來說明。

2 自由的節律

真正的民間喊歌，大都是很有生活氣息的，它是人們哀慟時發自內心真情的歌。因此，多是訴說胸中的悲

《清俗紀聞》中的祭掃圖

憤，在一聲長呼逝者的稱謂之後，即痛切而陳，時訴時唱，這唱是按照習俗一定的調子來唱。一般說喊歌的唱是沒有嚴格規定的，是比較自由的，特別是句子長短、拖音、聲調的高低、停頓等等，完全由喊唱的人自由掌握，可以說喊歌是由情緒控制的歌。

一九四八年，廣州五桂堂書局出版了一本《時款喊書》，蒐集了喊歌一些例子。從這些例子裏，我們完全可以看到喊歌的原型：

我心肝嘅肉（呀），

我往常到來有兒叫句母（啞），

今日我叫千聲總不聞（哦）！

我的心肝嘅肉（呀），

放下個孩兒憑誰帶（啞），

孤單一個讓你娘攜（哦）！

（母親哭女兒）

有些喊歌，雖然悲中哭訴，但卻是出口成文：

……坑水倒流魚倒上（啞）

做乜白頭人送黑頭人（噯）

……

虧你含冤歸地府（啞），

生兒無命養成人（噯）

（嬸娘哭姪女）

做乜黃梅唔落青梅落（啞）？

倒轉尊年送少年（噯）？

（姨媽哭外甥女）

契女（呀），

自小結交如骨肉（啞），
只言地久與天長（嚄）。
唔估到道途分兩路（啞），
可憐人事隔陰陽（嚄）。
契女（呀），
你我一心行到老（啞），
我亦望你為人節節高（嚄），
只話往來多體顧（啞），
點想今日人情有若無（嚄）。
（契媽哭契女）

……當日你嫂到來無限喜（啞），
唔想今宵流淚泣屍前（嚄）
……我今日對屍唯灑淚（啞），
釘棺難見妹顏容（嚄）。
姑嫂從今無會面（啞），
夢魂夜伴正相逢（嚄）。
（嫂子哭小姑子）

這些對死去親人呼天搶地的哀哭，是撕裂人心的。

3 職業喊歌人

由於習俗相傳，還出現了職業的喊歌人。這都是些中年以上的婦人。劉萬章《廣州舊喪俗》作了這樣的記述：

有一種老婆子，專替喪家做唱喊的工作。因為許多有錢人家，那些婦女，對於死者雖然悲哀，卻不肯犧牲聲音去大哭，或者事情多不暇哭，可是不哭或哭而不大聲，對於門面上很有關係，不得已，請別人來代替；輾轉相延，便有一種老婆子專幹這樣勾當，俗語叫她做「喊口婆」。她喊的是有音節，有韻調，含有美的歌。」（《中山大學民俗叢書》第二十一冊）

這些被請來的「喊口婆」，都有一套現成的喊歌在肚子裏，以適應喪家的不同需要。這些被僱用來的職業婦人，在靈前哭奠而大唱輓辭，都是有聲無淚或假淚假哭的，喊歌在這種情況下出現，就變為俗套了。

一些好事者把民間喊歌稍加修飾，整理成文，供人採用。流行在抗日戰爭之後的《散錦》，就是喊歌這類歌詞的集子，現摘錄一些以見一斑：

黃蜂無王砂仔散，
今日無你我十分艱難
手捫心頭我自想，
今世無望共你解愁腸
人講黃蓮猪膽苦，
不及我失去你苦悲傷
千辛萬苦養兒女，
養大兒女你卻離世場。
人家兒女還恩早，
家道貧窮作塌你功勞。
我哋來世願變牛，
任你使喚好嚟還你債。
願你在天堂好過，
唔好閰王日夜到來尋。
（喊世情[1]）

1　世情：有世交關係的人。

山上甜茶人收盡，
閻王法令收娘冇留倩。
萬望閻王抬高手，
打開天門地府任娘遊。
花盆種花噴鼻香，
未及我娘做事好心腸。
今日我娘居地府，
今世難望共娘話短長。
（喊娘）

藍青衣裳來穿上，
今日特來送爹上天堂。
一腳踏上巷口處，
眼淚流流來到爹家堂。
入到家堂對爹嘆，
家道貧窮爹你一世捱。
爹你世居愁萬種，
想你在生又怕你再捱。
（喊爹）

孝衣齊全當天着，

兒孫穿上好上奠堂。

身穿黃麻無主張，

手綁麻帶眼淚汪汪。

頭帶草笠心帶苦，

着起孝衣魂魄走光。

（喊上孝衣）

高低不顧忙走步，

行行不覺到江河。

來到江河望一望，

睇見條水白茫茫。

就將膝頭來跪下，

放金放銀謝龍王。

買水替你來洗裝，

洗淨雲身好上天堂。

（喊買水[1]）

1　買水：在廣東各地區民間的喪葬中普遍流行着一種叫「買水」的習俗，就是喪家前往江邊通過「買」的方式取水回來給死者沐浴擦身。宋代周去非《嶺外代答》：「欽（州）人始死，孝子披髮頂竹笠，攜瓶甕，持紙錢，往水濱號慟，擲錢於水，而汲歸浴屍，謂之買水。」

其次，還有喊時文、喊煮飯、喊裝飯、喊解結、喊換盞、喊出喪等等。凡喪事舊俗的規程事事可喊，並且在某一個程序中，因喪家情況如錢財、官位、職業、長少、嗜好、忌諱、信仰等等不同，其喊歌的具體內容也不同，這就是職業的「喊口婆」在使用成文的喊歌時靈活變通的本事了。

4 拆字名

有一種喊歌，不論在什麼樣家境情況下都可以使用的，稱為「拆字名」。這種喊歌一般為上下兩句，上句為拆字，下句把拆了的字嵌入哭訴的句子中。這嵌入的字，沒有一定的位置，可以是第一個字，也可以是句末的一個字，形式比較自由，試看例子：

1. 秋字下心條命苦（呀），
   愁懷獨坐怨悲啼（囉）。
2. 眼看母你朋字上山魂欲斷（呀），
   哭崩地土在埃塵（囉）。

3. 想字拋相意欲尋別世（呀），
總係心懷慈母未捨得丟離（囉）。
4. 今字連心我娘人行短（呀），
因何唔念女悲啼（囉）。
5. 口在衛門監內困（呀），
夜遊曲別問母知唔會（囉）。
6. 橋絲挨工結得緣份淺（呀），
古來薄命嘆紅顏（囉）。
7. 井字到門長受困（呀），
愁思百結冇日開眉（囉）。
8. 義字把兩點爬清王下去（呀），
點得神明庇祐賜我母還陽（囉）
9. 呢陣耳字入門無會面（呀），
任你靈台哭極母唔聞（囉）。

我們可以看到以上九個例子，所嵌入拆字的位置都是不相同的。據說聰明的喊口婆可以用這樣「拆字名」喊上一兩個鐘頭而不停止，喪家亦沒有心思留意聽她哭喊些什麼，反正有人在那裏啼哭，喪事就算有個樣子了。

喊歌，不論它原是發自真情還是已變成俗套，都是人們所需要的，古語云：「長歌當哭」，又說：「悲歌可以當泣」。喊歌正起了這樣的作用。

5 酒白

廣州還有一種習俗，一個人剛剛死了，就請喃嘸佬來替死者超度，給死者指引一條乾淨的路，好讓死者找到一個好歸宿。因為靈魂初脫軀體時，對周圍的東西是陌生的，因此，要有人來給靈魂指導，這責任就落在喃嘸佬身上。

《廣州府志》中記述：「始死召師巫開路安魂靈。」巫用以招請靈魂唱的歌，據說鬼神是會聽到的。巫歌又稱為酒白，所謂「酒白」，即是向死者勸酒之詞，用來勸解和安慰靈魂的。試舉例如下：

人死如燈滅，猶如湯潑雪，
若要轉還陽，水底撈明月。

渺渺黃泉路，冥冥地府關，

只見人多去，哪見一人還？

人生百歲夢中遊，
世事如同水上鷗；
正得春光彈指去，
一場世事轉頭空。

人生大幻古今同，
暫寄南柯一夢中；
適去適來皆是幻，
方生方死總成空。

一度思量一度悲，
二度思量珠淚重，
三度思量人不見，
低頭唯見紙錢灰。

亡靈一去永無蹤，
生死陰陽路不同，
若要相逢難見面，
除非夢裏談笑中。

罷了休時罷了休，
一條絲線繫孤舟。
風吹線斷舟流去，
叫盡千聲不轉頭。

哭一場時痛一場，
悲悲切切未為傷。
想起生前言共語，
恰如刀割斷肝腸。

遠觀天上星和月，
近看人間水共山。
星月水山長在世，
不知人換幾多番。

陽魂陰魂杳無蹤，
一去幽冥再不逢。
只望百年成骨肉，
何期大限各西東。

還有一些洒白是專門為夭折的孩子唱的：

牡丹初綻遭盈雪，

芍藥方開遇曉風，
如此妙齡留不住，
合家骨肉痛肝腸。

青春琴瑟正和鳴，
豈料如今隔此生。
雪魄霜魂空入夢，
雙眸兩滴幾曾停。

酒白是巫歌，本來應帶着濃厚的迷信色彩的，但是，從上述例子來看，除了宣揚「人生如夢」和「世事皆空」的思想外，還是真實、自然地唱出了悼念者的心聲的。

七

廣州竹枝詞

1 名家竹枝詞

竹枝詞原來是四川一帶的民間歌曲。後來為唐代大詩人劉禹錫所採用，於是成為一極新的詩體。它少用典故，多用白描手法，巧用諧音，內容多是描寫鄉土景物、民間風俗、地方特產和勞動者的美感情。總之，竹枝詞的限制比較少，相對地比較自由、通俗，是飽含着濃厚的鄉土氣息的歌謠。因此，為歷代文人墨客所樂於仿作。到了清代，詩人仿作的竹枝詞更如雨後春筍般出現，就以描寫廣州地區的作品來看，其中比較著名的有：

屈大均的《廣州竹技詞》

王士禛的《廣州竹枝詞》

杭世駿的《珠江竹枝詞》

王貞儀的《粵南竹枝詞》

譚敬昭的《珠江竹枝詞》

吟香閣主人的《羊城竹枝詞》

試看王士禛的廣州竹枝詞四首：

海珠石[1]上柳蔭濃，隊隊龍舟出浪中。

一抹斜陽照金碧，齊將孔翠[2]作船蓬。

梅花已近小春開，朱槿紅桃次第催[3]。

杏李枇杷都上市，玉盤三月有楊梅。

佛桑花[4]下小迴廊，曲院深深牡蠣墻。

細爇海沉銀葉火，金籠倒掛成收香。

1 海珠石：宋末呼為海珠洲，舊說有胡賈墜徑寸明珠一顆于江心，后化為石，因以名洲。《廣東新語》載：「海珠在越王台南，廣袤數十丈，東西二江水環之，雖巨浪稽天不能沒……上有慈渡寺，古榕十餘株，四邊蟠結，遊人往往息舟其陰。」今此石已於 1930 年代被炸，原址與珠江北岸連成一片。

2 孔翠：《皇華紀聞》載：「廣州俗尚競渡，盛時以白鶴毳、孔雀尾、翡翠羽飾船篷。每斜陽照耀，金碧爛然。

3 次第催：相繼開放。

4 佛桑花：《祖庭事苑》記載：乾葉如桑，花房如桐，長寸餘，其色紅，似重台蓮座，故得佛桑之名。其單葉深紅者名照殿紅。

民國時期的海珠石

潮來濠畔[1]接江波，魚藻門[2]邊淨綺羅[3]。

兩岸畫欄紅照水，蜑船爭唱木魚歌。

再看被譽為「於經史詞章之學無所不貫」卻幾乎死於文字獄的杭世駿（號堇浦）的珠江竹枝詞三首：

1 濠畔：市場名，在今廣州市內的清水濠。

2 魚藻門：即安瀾門，南漢時稱魚藻門，在南關附近。

3 淨綺羅：洗衣服。

樹裏歌聲水面腔，阿儂[1]生小住珠江。
淩波只恐塵生步，不着鵶頭襪[2]一雙。

論斛量珠買得無，魚珠爭及蚌珠粗？
若將江作珠胎比，儂是江心一顆珠。

海珠寺[3]外月如銀，肯照三更倚舵人。
妾是水萍郎墮絮，天生一様可憐春。

還有清朝梁紹壬《兩般秋雨盦隨筆》中，錄有新會人李環浦的《珠江竹枝詞》四首：

古墓為田長素馨[4]，素馨斜外草青青。

1　阿儂：古代吳人的自稱。我，我們。

2　鵶头袜：拇趾与其餘四趾分開的一種袜子。

3　海珠寺：海珠石上有慈渡寺，宋李侍朗昴英讀書處。寺有李公祠，面丹霞台，下瞰江水，北帶羊城，估舶漁艇，往來如圖畫，為粵人競渡之所。寺今不存。據2012年4月7日《羊城晚報》：1930年陳濟棠建廣州，填江擴珠江東堤，炸海珠石，其上建築盡毀。其址或在今長堤海珠大戲院至廣州少兒圖書館之間的沿江路段。

4　素馨：常綠灌木，花似茉莉，而四瓣尖瘦。其種來自西域，《南方草木狀》稱之曰耶悉茗。

採茶人唱花田[1]曲，舟泊橋邊隔樹聽。

夢回斜日透窗紗，新試盤頭顧港茶。
岸上不如船上樂，青山綠水是兒家。

船泊沙頭莫便開，卯潮才退午潮來。
試看魚藻門前水，流到琶洲[2]也卻回。

黃木灣[3]深粉蝶飛，白鵝潭漲錦鱗肥。
今朝正好遊花埭[4]，玫瑰花開夾紫微。

---

1 屈大均《廣東新語》：「素馨斜，在廣州城西裏三角市，南漢葬宮人之所。有美人喜簪素馨，死後遂多種素馨於塚上，故曰素馨斜。至今素馨酷烈，勝於他處。以彌望悉是此花，又名曰花田。」

2 琶洲：在今廣東廣州市東南郊，珠江北派南岸。原名琵琶洲，後名琶洲。《方輿紀要》卷 101：琵琶洲在「府東南三十里江中，上有三阜，形如琵琶。閩浙舟楫入廣者，多泊于此」。

3 黃木灣：位于獅子洋河道內的一個深水灣，清代屬鹿步司與菱塘司南北交界的一段河流，古稱「黃木灣」。

4 花埭：位於廣州城區西南隅，現屬於芳村區。其早先為河灘草地，自明代起有居民在此開荒種花，初名花埭，後諧音改稱花地。明清以降，此地多文人墨客駐足雅賞，清代詩人張維屏有《泛舟花埭》、黃遵憲有《花埭納涼》諸詩，而康有為則有「千年花埭花猶盛」的詩句。

在《兩般秋雨盦隨筆》卷五中還有一則這樣記述：

嶺南竹枝詞多矣，余最愛彭羨門先生一首云：「妾家谿口小迴塘，茅屋藤扉蠣粉牆。記取榕陰最深處，閑時來坐喫檳榔。」風韻獨絕，綽有古音。

以上那些竹枝詞，大多出自名家手筆，確實寫得細膩和深情，不能不說是廣州竹枝詞中的佼佼者。

2 羊城竹枝詞

《羊城竹技詞》的作者則不同，大多是不怎麼知名的。全集共有作者一百五十一人，作品四百八十九首。這些詞反映廣州的風土人情、社會生活是很廣泛的，除兒女私情外，還描寫了疍家生活、四時果品、豐富水產、除夕花市、穗市軼事、禦外豪情、五羊風貌等等。

婉轉離筵唱竹枝，竹枝唱罷起相思，
相思情似珠江水，江水潮生無盡時。

黃紹勤這首竹枝詞，寫的是離愁別思，它用「頂真」格，恰當地表現了這種回環曲折的心情。

廣州竹枝詞描寫愛情的很多，大多能抓住情真意深這一點來描寫。如：

越王台[1]下種相思，種得相思子滿枝。

採採相思寄何處？相思愁煞冶春時。

（吳炳南《羊城竹枝詞》）

泮塘幾日暖風吹，蓮葉蓮花出水時。

折得紅蓮一枝筆，歸來無處寫相思。

（劉昌期《羊城竹技詞》）

清人梁紹壬在《兩般秋雨盦隨筆》中寫道：

粵俗好歌，……歌辭不必全雅，平仄不必全叶，以俚言土音襯之，唱一句或延半刻，曼節長

1 越王台：今越秀山又名越王山，因南越王趙佗而得名，山上建有越王台。元代以前，越王台是越秀山最高、最宏偉的建築，文人墨客在此留下了不少篇章。南宋文天祥被元軍俘虜北上，路經廣州時曾寫下「登臨我向亂離來，落落千年一越台」之句。越王台又稱越台（粵台）。每到秋天夜晚明月朗照，山上松濤綠浪，「粵台秋月」由此而生。

> 槩，自迴自復。詞必極艷，情必極至，使人喜悅悲酸而不能已已。……往往引物連類，委曲譬喻。

這些記述對於廣州竹枝詞的唱法和用語也是適合的。同時，他還記錄了一些竹枝詞：

> 木棉樹下妹相思，不作風流到幾時？
> 只見風吹花落地，哪見風吹花上枝。
>
> 歲晚天寒郎未回，厨下煙冷雪成准。
> 竹篙燒火長長炭，炭到天明半作灰。
>
> 柚子批皮[1]瓤有心，小時則劇[2]到如今。
> 頭髮條條梳到尾，鴛鴦怎得不相尋？
>
> 大頭竹筍作三椏，咁好後生無置家，
> 咁好早禾無入米，咁好攀枝無晾花。

1　批皮：削皮。

2　則劇：嬉戲作樂。《朱子語類》卷一〇四：「此等議論，恰如小兒則劇一般。」宋劉克莊《賀新郎》詞：「生不逢場閑則劇，年似龔生猶夭，吃緊處無人曾道。」

還有收錄在《中華全國風俗志・上篇》卷八中作為「粵俗好歌」例子的兩句：

燈芯點着兩頭火，為孃操盡幾多心。

3 風景・風情・風俗

最能反映嶺南風土人情的竹枝詞，除描寫男女思情外，莫如描珠江、南國特產的荔枝、花地的花、花市以及廣州河南茶村的茶。

試看馮詢《珠江消夏竹枝》其中一首：

薯莨衫窄笠絲堆，裝束隨宜笑口開。
午睡乍醒魂夢脆，絕清三字荔枝來。

詩人描繪了一幅具有嶺南鄉土特色的圖畫：

珠江河畔的小艇上，時值中午，江風撫人昏昏欲睡，突然一聲清脆悅耳的叫賣聲把人驚醒：「荔枝來啦！」「荔枝來啦！」循聲望去，只見一位打扮入時的疍家少婦，身穿赤色的膠綢抓腰衣裳，身材窈窕，髮髻上還戴上一個漂亮的髻笠，滿臉笑容地坐在船尾上，船上滿放絳紅欲滴的荔枝，她一邊輕輕地棹着船槳，一邊叫賣……請看，赤、白、青、紅、褐等斑爛的色彩，聲、情、貌自然地融為一體，這樣的生活圖景美不美？

其實，這種情景，直到二十世紀五十年代初還存在着。那時廣州的荔枝灣，在不怎麼寬闊的河面上，小船如梳如齒的排列，有花艇、艇仔，還有一種僅坐兩個人的船身窄窄的像蜻蜓似的「蟾尾」，供遊河的人租用。午後，這些供人遊河的船隻很快就分散在珠江河面上，這時各種小賣的船隻帶著他們的叫賣聲，穿梭在各遊艇間，其中就有這種專賣荔枝的小艇。

廣州的荔枝不單在艇上賣，早在農曆四月上旬就可在街頭見到。郭夢菊詩云：「未摘龍牙開口笑，先嚐犀角沁詩脾。」「犀角子」或稱「玉荷包」，廣州稱之為「三月紅」。

粟米香瓜並熟時，黃沙沙背鬧嬉嬉。

兒童共唱新蟬叫，四月街頭賣荔枝。

（胡鶴《羊城竹枝詞》）

再看另一幅畫面：

看月人誰得月多？灣船齊唱浪花歌。
花田一片光如雪，照見賣花人過河。

（何夢瑤《珠江竹枝詞》）

繞城駘盪柳毵毵，映水女兒紅汗衫。
向晚棹花春浪軟，香雲先渡白鵝潭。

（黎簡《廣州歌》）

民國時的六榕寺花塔

這兩首竹技詞，都是寫花農進城賣花的情景。

第一首的作者何夢瑤是雍正進士，官至知府，為官廉潔，平生著述極豐，是南香詩社中比較傑出的一位。第二首作者黎簡生活於乾隆年間，他的詩在當時名氣很大，被評為「峻拔清峭，刻意新穎，言人所不能言。」（王昶《湖海詩傳》）。兩位詩人都一齊看中了花農進城賣花這一情景，可見這是當地很有代表性的生活畫面。

廣州是花的城市。廣州春節除夕有個習俗：行花街。萬花齊匯，萬人爭賞，萬人選購。萬紫千紅的鮮花，熟熱鬧鬧地浮遊在廣州市的橫街小巷裏，高高興興地走進了千家寓戶中。竹枝詞的作者，把這一動人風貌寫進自己的詩裏：

銅壺[1]滴滴夜無聲，爆竹如雷響滿城。
貼罷揮春[2]人小醉，賣花聽唱到天明。

（倪雲癯《羊城竹枝詞》）

四時不斷賣花聲，十月緋桃照眼明。

1　銅壺：古代記時用的銅制刻漏器。唐溫庭筠《鷄鳴埭曲》詩：「銅壺漏斷夢初覺，寶馬塵高人未知。」

2　揮春：粵語中又稱春貼，在新春和立春時使用的一種傳統裝飾物，是把賀年的吉利字詞用漂亮的書法寫在紙上，貼到牆或門之上，祈求好運降臨。揮春和春聯最大的分別，是春聯一般是成對的對聯，講究對仗平仄，而揮春多是四字詞語，甚至可能只有一、兩個字。

19 世紀通草畫《揮春》

浪說揚州風景好，春光爭及五羊城？

（黃綺雲《羊城竹枝詞》）

到得春來，又是另一番景象：

橋東橋西人踏歌，濠北濠南人踏莎[1]；

一江春水綠於染，江水綠煙吹柳波。

（譚敬昭：《珠江竹枝詞》）

1 踏莎：古代民間盛行的春天踏青活動。莎音 suō，即莎草，一種常見的野草，生長於兩廣等熱帶和溫帶，其塊莖入藥稱「香附」。踏莎是唐宋時期廣為流行的活動，又叫踏青，一般在清明時節前後。踏莎行後成為一詞牌名，明代楊慎《詞品》云：「唐韓翃詩『踏莎行草過春溪』，詞名《踏莎行》本此。」

從前廣州市西關一帶屬郊區，連現在的沙面也屬郊區，即所謂城西外。市內有四條大濠涌縱橫交錯，涌水清清，濠涌上遍架小橋，是當時市內重要的交通水道。市內的人去郊遊，可以坐在小船上，由濠涌的水道直通到沙面的東橋和西橋。遊人到這裏，聽到橋下的蛋家人唱的歌，看到碧綠的江水好像把柳波涌兩岸的綠樹染得更綠了。

廣州是花的城市，也是四季果品不斷的城市。

羊城浸在果香中，朱橘黃柑椰味濃。
香蕉菠蘿胭脂果[1]，如玉葡桃荔枝紅。

在廣州市可以品嚐到南方衆多的水果，如花地冰花楊桃、石馬的白核桃子、夏茅的桂花香芒、土華的花殼龍眼、羅崗的甜橙、大塘的紅頂石榴、譚州的脆皮甜蔗，有廣州諺語提到的「飢食荔枝，飽食黃皮」的雞心黃皮，以及泮塘四秀中的菱角和馬蹄等等，真是舉不勝舉。

1　胭脂果：即山楂，又名映山紅果、酸棗，俗稱山裏紅。古代稱「楂」或「棠球子」，有藥用和食用價值。

豐子愷《買花》

過去廣州河南有三十三個茶村，多栽花種茶，稱「河南茶」。因此廣州許多人家的女孩子，自小就跟母親學採茶，《羊城竹枝詞》的紫藤女史寫過「自小從母學揀茶，強伸纖指摘春芽」的詩句。這種描寫廣州採茶女的生活和思想感情的歌是很多的，還有專門的「採茶歌」。每年春天踏青的時候，遊人都可以看見一隊打扮得漂漂亮亮的女孩，聽到她們唱這「採茶歌」。屈大均《廣東新語》就記述了這一情景：

粵俗歲之正月飾兒童為彩女，每隊十二人，人持花籃，籃中燃一賽燈，罩以絳紗，以絚[1]為大圈，緣之踏歌，歌《十二月採茶》。

幾處春煙橫斷霞，滿江春水飛楊花。
一百五日寒食後，三十三村人賣茶。

（譚敬昭《珠江竹枝詞》）

青青茶樹發新柯，密葉聲中春雨多。

1　絚：也作笪，竹制家具，圓形平底，有邊沿，可盛物。大者稱大絚，小的叫細絚。

今日晴明天氣好，隔山齊唱採茶歌

（胡鶴《羊城竹枝詞》）

附郭煙村十萬家，家家衣食素馨花。

花田兒女花為命，妾獨河南歌採茶。

（劉昌期《羊城竹枝詞》）

有種茶就有賣茶，請看清朝光猪年間胡子晉的《廣州竹枝詞》：

左便西園都統衙，點心款式競相誇。

六榕寺[1]內榕亭上，和尚居然學賣茶。

如果我們撇開詞中嘲笑六榕寺住持鐵禪在寺內設榕蔭園賣茶、把佛場變成市道這一點看，那和尚賣茶也應是受當時廣州時尚的影響。

然而，最富於嶺南風俗情調的，還要數傳統節日。比如農曆初一的過年（春節），那是盛大的節日。「爆

1 六榕寺：廣州四大叢林之一，位于今廣州市六榕路上。始建于南北朝梁代，初名寶莊嚴寺。北宋時更名為淨慧寺。宋蘇軾曾來此游覽，見寺內有六棵古榕樹，揮筆題寫「六榕」兩字，明代始稱六榕寺。寺內主要建築有花塔、觀音殿和六祖堂等。

竹一聲到處春，何家何戶不更新？油糍糕粉安排備，遺此年茶餽友親。」這熱鬧的場景已經有許多筆墨描繪過了。現在我們看看元宵節：

魚燈萬顆耀長空，鬧熱元宵處處同。
頂馬[1]獅龍人物好，衢歌巷舞盡兒童

（梁綺石《羊城竹枝詞》）

元宵簫鼓[2]韻和諧，火樹銀花遍六街
更有魚燈終夜出，官清民樂舉頭牌

（《續嶺南即事》）

萬盞燈，萬千人，萬種舞，萬樂齊歌，萬紫千紅的煙花，真是一派萬民同樂的景象，而且是每年必這樣，年年如此。再看端陽節：

節屆端陽小艇多，珠兒珠女競遊河。

1　頂馬：原指舊時官員出行時儀仗中前導的騎馬差役，後也用作舉行節禮婚慶出行時的前導，以作炫耀。

2　簫鼓：簫與鼓。泛指樂奏。

海幢[1]樹下涼陰好，半泛蒲觴[2]半聽歌。

（梁綺石《羊城竹枝詞》）

浴罷蘭湯到處遊，何人不愛看龍舟？

荔枝灣上多佳景，水面颸凉夏亦秋。

（同上）

既有龍舟競渡的歡騰場面，也有在陰涼處舉杯「聽歌」的閑情雅趣。

細膩工巧的風俗畫面，更表現在農曆七月初七日的乞巧節裏。番禺人汪琮寫過一組《羊城七夕竹枝詞》，

1 海幢：指海幢寺，位於珠江南岸，清代著名佛教聖地。《廣東通志》：「海幢寺在河南，蓋萬松嶺福場園地也。舊有千秋寺，南漢所建，廢為民居，僧光牟募於郭龍岳，稍加葺治，額曰海幢。」清康熙年間，海幢寺得平南王尚可喜的支持，寺廟建設規模擴大，先後建築了天王殿等主體建築，並擴大面積。時任廣東提刑按察使司關中王令撰文銘記：「遂於丙午之夏，首建大殿，廣七楹、高三尋有咫，矢棘翬飛，碧紺萬狀，望若天半彩霞。殿后右角，則地藏之閣，聳峙巍峨。八角鐘台，聲徹雲表……如是而海幢之壯麗，不獨甲於粵東，抑且雄視宇內。」至清乾嘉時期，海幢寺園林面積北至珠江、南至萬松嶺，成為廣州營建規模最大的佛教園林，五倍於光孝寺。當時文人盛行在此會客、餞行等。

2 蒲觴：端陽節喝菖蒲酒以去除瘟疫之氣。

广州海幢寺正面入口（順呱）

現摘其二首：

越王台畔雨初停，幾處秋光到畫屏。

好是羅雲弦月夜，家家兒女說雙星。

十丈長筵五色光，香篸金翠競鋪張。

可應天上神仙侶，也學人間時世妝[1]。

1　時世妝：入時或時髦的裝飾打扮。唐代白居易《時世妝》詩：時世妝，時世妝，出自城中傳四方。

梁綺石寫的羊城竹枝詞云：

乞巧樓前設壽筵，錯陳瓜果迓天仙。
胡麻點砌誰家好，繡履妝盤件件鮮。

這是寫乞巧節的大場面。七夕，在長街短巷裏，用方桌拼擺為一長桌，桌上擺滿了瓜果、燈燭以及刺繡的用品，如針、剪、絲網、絲綫、繡花架等等，還有五色米、瓜仁、豆類、花生等等，間中還有直徑數尺的「織

舊時女子乞巧

女梳妝盤」，內有胭脂水粉之類的東西，鏡子、衣服、飾物、摺扇等等。

屆時，各婦女在桌前顯功夫，有刺繡的，有做衣服的（小件，模型式的），有的用各式絲綢布料製作各小工藝品，有的用五色米、豆類、花生製作彩燈、人物、花塔以及各種工藝造型等等，有些工藝品事前已製作好，有的則是當夕製作。凡製作好的工藝品都列於桌上，以玲瓏酷似為美，以手工精巧者為榮。當夕臨街，互相欣賞手藝，並嬉笑其間。

如果我們避開熱鬧的鬥工爭巧的場面，留心那不惹人的一角，或者可以看到乞巧節中另一個抒情的場面：

儂家七夕慣迎神，一任檀郎[1]看獨真。

早約靚妝同坐守，簾前嬌喚賣花人。

（張品楨《羊城竹枝詞》）

1　檀郎：晉代潘岳小字檀奴，因其容貌美好，風度瀟灑，為當時眾多婦女心儀的對象，後世遂以「檀郎」做為婦女對夫婿或所喜歡的人之美稱。

4 諷諭與鍼規

有些竹枝詞比較深入地反映另一面的現實生活。過去廣州舊城外煙賭林立，其中比較出名的是城西外的金沙灘一帶，即現在荔灣區帶河路附近及其西面，嫖、賭、飲、吹[1]樣樣俱全。在清代同治光緒年間的《嶺南即事》[2]載有羊城青樓竹枝詞云：

金沙灘過帶河基，妓女無過價一厘。
賭館排場煙館旺，打圍爛仔[3]笑微微。

竹枝吟罷暗傷神，轉眼煙花莫認真。
寄語羊城遊冶客，回頭便是急流津。

---

1 吹：當時指抽大烟、抽鴉片。

2 《嶺南即事》：清代何惠群所著，主要記載廣東各地的民情風俗、傳聞逸事以及竹枝詞等。何惠群，字和先，號介峰，廣東順德人，清嘉慶十四年（1809）進士，曾任浙江新昌知縣，因不忍催科逼糧，託病辭歸，長居廣州講學。著有《飲虹閣詩鈔》。所作粵謳俚詞風靡閭巷。兼擅象棋，時稱「國手」。

3 爛仔：亦作爛崽，流氓，不務正業和為非作歹的人。

還有一首竹枝詞，收集在鮮為人知的《破涕文章》裏：

出城散步上西關，灘好金沙去不還。

勸君莫去抓四味，閻王拖你無得嚁[1]。

嫖賭飲吹這「四味」誘惑人，到那裏千萬別下水，一下水恐怕你很難乾乾淨淨、清清白白地回來，甚至不能回來。

以勸戒為主題的竹枝詞，其實也包含了自我勉勵的因素，同時也反映了世俗人間一種世界觀。《廣東文獻》第三卷第一期中，刊登了繆艮的《俗語竹枝》十七首，也是這方面的竹枝詞，現摘錄七首如下：

我若貧時亦不妨，時來頑鐵也生光。

瓦片尚有翻身日，轟轟烈烈做一場。

公門[2]裏面好修行，半夜敲門不吃驚。

善惡到頭終有報，舉頭三尺有神明。

1　嚁：返回，回來。

2　公門：古稱國君之外門為公門，後借指官署、衙門。

人生何處不相逢，昨日今朝大不同。
萬事不由人計較，騎牛撞見親家公。

石崇[1]豪富范丹[2]貧，莫道無神卻有神。
陰地[3]不如心地好，皇天不負苦心人。

莫怨他家井底深，知人知面不知心。
光陰似箭催人老，一寸光陰一寸金。

兄弟同心土變金，大樹底下好遮陰。
逢人只說三分話，未必他心是你心。

1 石崇（249 － 300），晉代南皮（今河北南皮東北）人，字季倫。累官至荊州刺史，以劫掠客商而致豪富。在河陽營建金谷別墅，室宇富麗堂皇，姬妾有百數十人，都穿五彩刺繡綢緞，佩帶上等金玉耳環，管絃樂器都是當時名選，酒食盛饌極盡水陸奇珍異味。八王之亂時與齊王司馬冏結黨，為趙王司馬倫所殺。

2 范丹（112 － 185），一作范冉，字史雲。東漢陳留外黃（今河南省民權縣）人。後遭黨錮之禍，推着鹿車載妻子兒女，靠撿破爛維持生計，住在旅館或者樹下，十餘年後來才蓋了一間單薄簡陋的草房居住，有時糧食吃完了，生活沒有着落，也神態自若。鄰里編歌謠唱道：「甑中生塵范史雲，釜中生魚范萊蕪。」

3 陰地：墳地，陰宅。

19 世紀通草畫《賭場圖》

只重衣衫不重人，一朝天子一朝臣。
貧居鬧市無人問，富在深山有遠親。

這些竹枝詞，運用了大量俗語，寫出了人們的一些際遇和心境，也可說是那時代人生經驗的總結吧。陳方綏在一九八七年出版的《詩詞》報第三期中，發表了竹枝詞三首，更是反映二十世紀八十年代的坡市新事。

寫皮包公司的：

皮包袖裏乾坤大，開辦公司不費錢。
但得貪愚吞釣餌，瞬間萬貫上腰纏。

寫某些城市執法人員的：

只須臂掛布紅章，便是堂堂執罰娘。
產業排行稱第四，經營遍及七三行。

寫廣州三元宮趣事的：

太乙[1]今朝是誕辰，高燒紅燭紫檀熏。
進香男女團團轉，都是西裝革履人。

竹枝詞流傳已有一千多年了。廣州竹枝詞如果從明代算起，也有近四百年的歷史了。在這幾世紀的時間長河裏，竹枝詞被磨煉成一枝神奇的畫筆，飽蘸着珠江水，以斑斕的色彩、柔美的筆觸，描繪出一幅幅散發着濃郁鄉土氣息的南國風情畫。

1　太乙：太乙真人，也稱「太乙救苦天尊」，在相關道教經典和儀軌中是重要的救度神，舉凡度亡、上天堂、下地獄等，都需要借助於祂才能達成。也有道教經典指太乙真人是元始天尊的分身，居住在「東方長樂世界」，有無窮盡的化身，隨人們如何稱呼祂而現形，即「物隨聲應」。

附錄

《粵謳》二十四首

〔清〕招子庸

方言凡例

唉 於開切音哀又英皆切音挨 歎恨發聲也

哩 音里語餘聲元人詞曲借為助語

唎 同上

咯 力各切音洛助語

啫 鄭入聲助語

囉 羅去聲助語

罷 巴去聲語餘聲

呀 鴉去聲喚人喚物之聲

咁 甘去聲

呢 原呢喃之呢音尼方言你平聲

吤 聲介切方言俾也

咕 沽上聲方言猜也與估同

吓 下上聲

唔 方言不也

嚟 音黎方言来也

嗌 挨去聲口舌相爭曰丨

鬧　口舌相罵曰丨

冇　音毋方言無也

乜　方言甚麼也

搵　溫上聲方言尋覓也

彈　音檀方言譏誚也

惱　天偷切方言發怒也

呢吓　方言此刻也

呢陣　方言此時也

呢囬　方言此後也

吽　牛去聲方言拙也

呆　外平聲方言拙也

笨　板去聲方言拙也

噤　聽禁切以甜言聽人曰丨

攞　羅上聲以手取物曰丨

[illegible]　銀去聲牽扯不斷曰丨

一遍　方言一次也

一回　同上

一匀　同上

呢處　方言此處也

箇處　方言彼處也

邊箇　方言何人也又那箇也

邊處　方言何方也又那處也

丟手　方言分手也

罷手　方言脫手也又了局也

埋堆　合而成堆曰――

埋羣　合而成羣曰――

咁耐　耐久也方言日子如此久也

一賬　同上

乜野　方言何事也又甚麽東西也

丟抛　方言放離也

丟開　方言放開也

撥埋　方言放攏也

將就　方言將已就人也

點樣　事難定曰――

點筭　事難籌曰――

唔該　方言不該也

幾耐 方言日子有幾久也

費事 方言費心事也又大費躊躇也

肉緊 緊急也方言心急以致皮肉皆緊也

著緊 方言心著急也又著力也

人地 方言別人家也

我地 方言我們也

唔通 方言莫非也

屓屭 原介名方言閉翳猶鬱抑也

瘟沌 方言昏迷也

昏君 方言罵人昏迷不醒也與瘟君同

就手 方言應手也

冇味 方言無意味也

假柳 假意 方言俱作假也

擲紙 方言掛帛也

頻撲 ||猶數飛也今方言人之辛苦勞碌皆曰||

灾瘟 二字俱不祥方言罵人罵物曰||

瘟屍 方言罵人甚言如||也

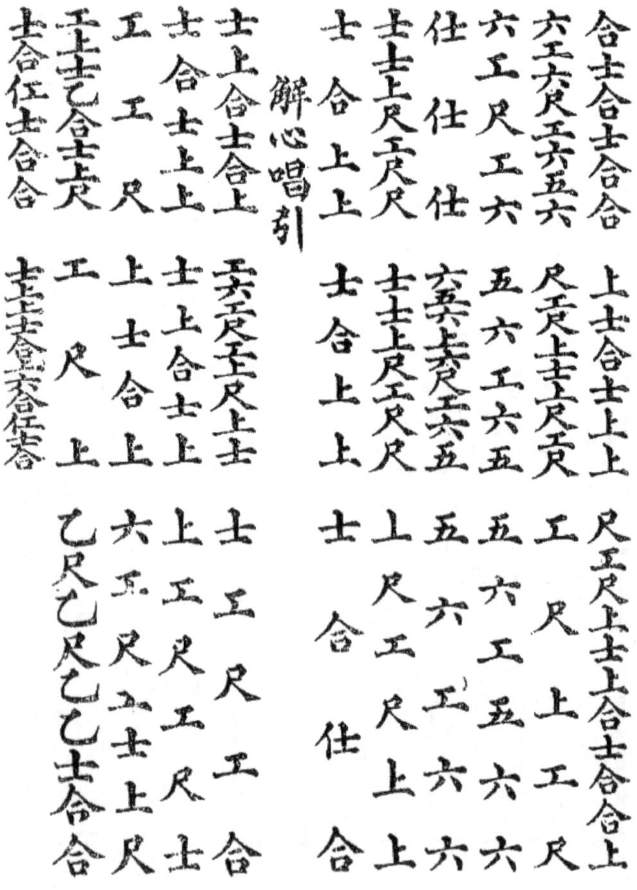

合士合士合合　上士合士上上　尺工尺上士上合士合合上
六工六尺工六五六　尺工尺上士上尺工尺　工尺上工尺
六工尺工六　五六工六五　五六工五六六
仕仕仕　六五六上六尺工六五　五六工六六
士士上尺工尺尺　士士上尺工尺尺　上尺工尺上上
士合上上　士合上上　士合仕合

解心唱引

士上合士合上　五六工尺工尺上士　士工尺工合
士合士上上　士上合士上　上工尺工尺士
工工尺　上士合上　六五尺五士上尺
工上士乙合士上尺　工尺上　乙尺乙尺乙乙士合合
士合仕士合合　士上士合上六合仕合

解心事

心•各有事。總要解•脫為先。心•事唔•安解•得就了然。苦•海茫•：多•半是命蹇。但向苦•中尋•樂便•是神仙。若係愁•苦到不•堪真•係惡算。總好過官•門地•獄更•重哀憐。退一步海•闊天•空就唔•使自怨。心•能自•解真正係樂•境無邊。若係解到唔•解得•通就講過陰•隲個便。唉凡•事檢點。積•善心•唔險。你睇遠•報在来•生近•報在目前。

又

心•事惡解。都要解•到佢分明。解•字看得圓•通萬•事都盡輕。我想心、事千、條就有一千、樣病証。總係心、中煩、極講不得過、人聽。大抵癡、字入得症、深都係情、字添病。唔、除癡、念就係妙、藥都唔靈。花、柳場、中實易迷、却本性。溫柔鄉、裏總要自、出奇兵。悟、破色、空方、正是樂境。長、迷花、柳就會陷、落愁城。唉須、要自醒。世、間無、定是楊、花性。總係邊、一便風、來就向一、便有情。

揀心

世、間難、揾一、條心。得你一、條心、事我死、亦要追尋。一面試、佢真、心一面防、到佢襟、試到果、實真、情正、好共佢酌斟。噤、〻吓噤到我地心、處箇〻都防。到薄行。就俾佢真、心来、待我〻都要試過佢兩、三。匀我想人、客、萬千真、吖都冇一分。箇的真、情撒、散重憐過大、海撈針。況且你、會揾真、心人、地亦都會揾。真、心人、客你話够幾、個人分。細想緣、分各自相投唔、到你着緊。安、一吓本分。各、有来、回你都切、勿羨人。

唔好死

唔好死、得咁易。死要死、得心甜。恐怕死、錯番、来你話點、死得遍添。有的應、死佢又偷、生真正生、不顧面。有、的理、唔該、死實在死、得哀憐。我想錯、死與共偷、生真正羞、淂好遠。一則被、人辱、罵一則惹、我心酸。大抵死、得磊落光、明就係生、冇有咁顯。你睇忠、臣烈、女都在萬、古留傳。自古女、子輕、生都係情、字引線。關、頭打、破又、要義、字為先。情、義兩、全、千古罕見。唔、在幾遠。你睇紅、樓夢、上三姊與及柳、湘蓮。

聽春鶯

斷腸人怕聽春鶯鶯語撩人更易斷魂春光一到已
自撩人恨鳥呀係重有意和春共碎我心人地話鳥
語可以忘憂我正聽佢一陣你估人難如鳥定是鳥
不如人見佢恃在能言就言到妙品但逢好境就語
向春陰點得鳥呀你替我講句真言言過個薄倖又
怕你言唔關切佢又當作唔聞又點得我魂夢化作
鳥飛同你去搵搵着薄情詳講重要佢回音唉真欲
緊做夢還依枕但得我夢中唔叫醒我我就附着你

同行。

思想起

思想起。想起就含悲。不堪提起箇箇薄倖男兒。起首相交就話無乜變志。估話天長地久咯共你兩兩相依。我想寸。貌揀到如，君亦算唔識錯你。枉費我往日待你箇副心腸你就捨得把我別離。今日只怨我命孤唔敢怨君呀你有義。捨得我係桂苑名花使乜俾的浪子折枝。累得我半站中途丟妹。自己。若問起後累前因你我切勿再提。呢陣半世咁我再揀過箇知心都唔係乜易。開口就、話我係敗、柳殘、花有乜正、果歸點曉得檜、樹根、深重要跟、到底。九、泉相、會正表、白過郎知。一定、前世共君你無、緣故此今日、中道見棄。唉真、正有味。浮、生何、苦重寄。不若我死在離、恨天、堂等君你再、世都未遲。

花花世界

花、花世界。鼻有、乜相干。唉我何、若做、埋咁多冤、孽事幹。睇見眼、前個、的折、隨吓你話幾、咁心寒。我想到、處風、流都、是一樣。不若持、齋念、佛去把、經看。呢田把情、

字一筆勾消我亦唔敢亂想消此孽賬免至失身流落咁處賣笑村墟呢吓朝夕我去拈香重要頻合掌參透色相定要脫離呢處苦海直渡慈航

緣慳

相識恨晚自見緣慳呢吓相逢就別我實見心煩做乜相見咁好時相處都有限今日征鴻兩地怨孤單做女個陣點知流落呢處受風流難夜夜離則成雙我實在見單當初悔不聽王孫諫欲[illegible]迷花債誤落到人間既落到人間須要帶眼還要會[illegible]世上惜花人

亦有限但係好花扶得起就要曲意闊闌

離筵

無情酒餞別離筵臨行致囑有萬千千佢話分離有
幾耐就有書回轉做乜屈指如今都有大半年我相
思流淚又怕人偷偷睇見你箇無情何苦得咁心偏
我只話日夜丟開唔掛念獨惜夢魂相會又試苦苦
相纏叫我點能學得佢隻雙飛燕唉佢唔飛亂秋去
春回轉呢喃相對細語花前

訴恨

偷偷嘆氣此恨誰知自從別後都冇信歸期呢番憔悴都係因君你教奴終夜夢魂癡唉前世想必唔修至會今日命鄙注定紅顏係咁孤苦唔知苦到何時虧我背人偷抹腮邊淚恐憂形迹露出相思總係無計去開愁一箇字唉真正有味天呀我想你呢會生人總有別離

辯癡

難為我辯是癡情情到癡迷有邊一個醒世間多少相思症但有懷春不敢露形咁佢含羞對面點把絲

離訂。真正有•口難•言苦•不勝。大•抵都係少•年兒•女性。心•唔定。所以咁•多磨•滅事•咁難成。

心

心•只一個。點俾得過咁•多人。點得人•人見•我都把•我来憎。個陣我想•着風•流亦都無•我份。縱有相•思無•路去種•情根。根只恨我唔知邊•一樣唔得人•憎故此人•地將我咁恨。佢•一個共我交•情就個•一個死心。累得我一•身花•債欲把情•人悶。唔•通寶•玉是•我前身。唉我話情•種都要佢有情•根方•種得穩。若係無•緣癡•極亦

・誤了殘生。唔信你睇眼淚。重有・多得過林黛玉姑・娘。

自小就癡得個寶・玉咁緊。真・正係冇忿。就俾你係死・

心亦不過・乾熱一陣。佢還・清佢的眼・淚就死亦不得

・共佢埋羣。

嗟怨薄命　几五

人寂靜月更光明慾海情天箇的孽債未清離合悲歡雖則係有定做也名花遭際總是凋零你睇楊妃玉骨埋山徑昭君留墓草青青淪落小青愁弔影十娘飲恨一水盈盈大抵生長紅顏多半是薄命何況我地青樓花粉更累在癡情既係做到楊花多半是水性點學得出泥不涤都重表自己堅貞怕只怕悲秋桐葉飄金井重要學寒梅偏捱得雪霜淩我想花木四時都是樂境總係愁人相對就會飲恨吞聲[illegible]

須要白醒命薄誰堪証不若向百花墳上訴吓生平
嗟怨薄命對住垂楊送舊迎新都係箇對媚眼一雙
見佢迎風嬝娜箇的纖腰樣又見佢雙眉愁鎖恨偏
長青青蕊質都是戀春釀獨惜被人攀折你話怎不
心傷捨得我唔肯嫁東風我心都有異向偏要替人
擔恨在去國離鄉若問情短情長都是寃孽賬恐怕
離愁唔捱得幾耐風光斷我癡心一點付在陽關上
輕蕩漾身後唔禁想不若替百花垂淚化作水面飄
楊

嗟怨薄命對住荷花點能學得你出水無瑕記得才
子佳人來買夏亭亭玉質好似閬苑仙葩當時得令
高聲價千紅萬綠幾咁繁華水月鏡花唔知真定假
秋風殘葉唔知落在誰家情種情根唔知何日罷唉
真可怕水火難消化或者蓮花咒鉢正化得我地孽
海根芽

嗟怨薄命對住梧桐飄零一葉怨秋風嫩綠新枝情
萬種曾經疎雨分外唔同蕭疎偏惹騷人夢詩人題
詠在綠陰中若係知音便早帶佢去亭邊種漫到焦

時始辨桐恨只恨佢一到秋来隨處播弄惹起人愁問你有也甚功大抵憐香惜玉你心先動恐怕吹殘弱質你早把信音通細想名花有幾朶捱得霜花重唉你心錯用提起心腸痛自古經秋唔怕老只有凋底蒼松

嗟怨薄命對住寒梅點能學得你獨占花魁冰肌玉骨堪人愛雖然傲骨到處能栽高插你在胆瓶我羞作對晶瑩玉質問你幾世修来獨抱芳心沉在孽海亦都係柳絲蓮性碧梧貽我想名花未必終肯被遊

蜂採須忍耐、留得青山在、還清花債依舊可以到得蓬萊。

真正攞命　凡六

將我品性。想吓生平。對住皇天我要問佢一聲。做乜佢風中弱絮飛無定。做乜我水上殘花又洗不清。人在風月場中尋出樂境。做乜我在烟花叢裡築起愁城。好似小青照不出前生影。就把彌天幽怨一力擔承。實在無藥可醫心裏病。誰肯做証我自招還自認。係喇攞人條命都係箇一點癡情。

真正攞命。却被情牽。一縷春恨唔知向也誰言。雖乃係緣柳多情牽緊蒻線。總係章臺春老望絕寒烟。縱有才人賞識我的春風面。皆因同病故此相憐你話淪落在呢處風塵誰不厭。總係殘紅飛不出奈何天。敢就飄零一樣好似離巢燕。唉風又亂扇失路在林間剪敢就一生埋沒塟在花田。真正攞命却被情牽。共你海誓山盟箇一念差。回頭好夢都如畫。好似水中明月鏡中花我梅魂虛把東風嫁。到底孤負多情萼綠華累我不定心旌難以放下料・應條・命死・在君家。人前我・亦未敢・分明話。唉君你・偷偷想吓。底事・真和假。我望你早・乘秋水・泛月中槎。

真正攞命。却・被情招。累我浮萍・無定・係咁浪飄搖。君你青衫・濕後・我就知音渺。縱有新詞・羞唱・到念奴嬌。恨只恨楊柳岸・邊風・月易曉。你話何曾・夜夜・是元宵。月落・烏啼・人悄悄。真正雲散・風流・好似落潮。共你相思・欲了・唔知何時了。唉心共照。苦把皇天・吽天呀做也箇・一箇纏綿・就向箇一箇寂寥。

真正攞命。却被情魔。共你私情太重都係錯在當初。
今日芙蓉江上無人過。我玉鏡憑誰畫翠娥。呢面殘
燈斜月愁無那。縱有聽魔迷不住我帶淚秋波。敢就
兩暗巫山春夢破。好似鷓鴣啼切苦叫哥哥。你一擔
相思交俾過我。唉真正恨錯。天呀你亦該憐憫我地
兩箇。做也。露水姻緣。偏會受此折磨。
真正攞命。却被情傷。做也知心人去話偏長。話起別
離兩字我就三魂蕩。第一傷心還在過後思量。今日
秋水蒹葭勞妹盼望。所謂伊人在水一方。點得再會

共哥有期你心有異向。等我生為蝴蝶死作鴛鴦。或者在地在天消此孽賬唉心欲喪。不能無此想。你睇海天無際只剩一寸柔腸。

花本一樣　凡二

花本一樣。點曉得世態炎涼。對住情人分外香。可惜花有妙容難道奴就薄相。做也看花人懶看妾人忙。花開歲歲都是花模樣。花亦凴天為佢主張。可惜我在花月場中捱盡的苦況。就有一箇惜花人似得水咁情長。溫香美滿都是成虛想。花亦似憐人孤寐伴

佢成雙人話奴貌勝花都是過獎就俾你如花美眷
願亦難償花花世界都是情根強花敢樣重還不了
風流賬點得我早日還完花債共你從良
花本一樣憂樂佢都唔知佢話落花還有再開時恐
防春老東君棄落後焉能再上枝来春雨露自有来
春意若再等到来春放也遲雖係鮮花咁好未必無
人理須防閙透被蝶蜂欺你芳心檢點去尋知已唔
係噤你採花人際記總係百花頭上莫折錯薔薇

薄命多情

天呀，你生得我咁薄命。也事又生得我咁多情。情字重起番来，萬事都盡輕。我想人世，但得一面相逢，都係前世鑄定。況且幾年共你相好，點捨一吓就分清。人地見我待得你咁長情，都重愁我會短命。我想情長就係命短，亦分所當應。呢吓萬樣可以放心，单怕郎有定性。怕你累我終身，零落好似水面浮萍。點得撇却呢處煙花，尋一個樂境。個陣你縱然把我虧負，我都誓願唔聲。想我女子有咁真心，做乜月你唔共

我照應重要多煩你撮合呢變免得使我咁零丁我兩個痴夢痴得咁交關未知何日正醒唉真正嘈在過共你同交頸做乜望長望短大事總唔成

難忍泪

難忍泪洒濕蓮枝記得與君聯句在曲欄時你睇粉墻尚有郎君字就係共你倚欄相和個首藕花詩今日花又復開做乜人隔兩地未曉你路途安否總冇信歸期蓮箋咁我點書呢段長恨句愁懷寫不盡好似未斷荷絲今日遺恨在呢處曲欄提起往事唉想

起就氣睇住殘荷凋謝咯我就想到世事難為

瀟湘雁

瀟湘雁寄盡有情書衡陽消息俾做何如雁呀你報聲觸起奴愁緒虧我夜來殘夢捱到五更餘春衫濕透離人淚咁我點能等得合浦還珠為郎寫不盡相思句唉情又不死握手人何處雁呀我個知心人去你為我帶呢首斷腸詞

同心草

同心草種在迴欄只望移根伴住牡丹點想花事係

咁闌珊春事又咁懶慯好似我共郎兩地隔斷關山
丢奴一去好似孤零雁鴈嚟雁你在地北天南重辛
苦慣我在青樓飄泊自見心煩天寒袖薄倚凭闌干
盼西風簾捲自怨孤单君呀你在歡處不知奴咁切
慘我為你眼穿腸斷又廢寢忘飡往日勸你在家唔
好拆散點估你江湖飄蕩不肯歸還想起人地吟情
哥咁聽妹諫虧我諫哥唔聽敢就十指偷彈今日人
遠在天涯相見有限時常珠淚濕透春衫累得我多
愁多病抱住琵琶嘆唉天又欲晚夕照花容減君呀

你摘•花係咁容•易要想吓種•花難。

花貌好

花•貌咁好。做乜日•日咁含愁。人•如花•面却•爲郎羞。咁•
好春。光勸你唔好洩漏。把•人虧•負要想•起吓前頭。情•
守個種深•傷你妹平•日擺彤。一•場春•夢點估至•今休。
往•日估你一個眞•情今日知•到係假柳。聽•人冷•語拆•
散我鸞儔。花•房香•臟却被蜂•侵透。做乜銀•河得•渡就
把鸛•槁收。如•果你敢樣子做•人你妹眞•正惡受。唉我
偷•睇透。你心•腸唔•似舊。君呀你若係冇•厘殼•氣我死•

都要追求。

心點怨

心心點怨折散絲羅怨一句紅顏怨一句我哥世界做得咁情長做也偏偏有結果就把舊時個種恩愛付落江河共你相好到入心又被朋友架禍因愛成仇你妹見盡許多試睇人地點樣子待君君呀你就回想吓我從頭想過正好共我丟疎天呀保佑邊一個薄情就好邊一個折墮嘆真正有錯免使枉心含寃受此折磨。

累世

真真正累世也得你咁收人。枉費你妹從前個一片心。多端扭計你妹情願受困思前想後試睇待薄過你唔曾做也分離咁耐哩就學王魁嘥薄行我定要問明邊一個唆攪你定係自己生心兵行詭路你妹心唔忿唉情可恨一刀斬斷兩㮣丟開你妹唔使掛恨啐捨得我待郎敢樣子心事愁有個至愛情人。

廣府風俗歌謠

林維迪　著

責任編輯　王春永
裝幀設計　譚一清
排　　版　賴艷萍
印　　務　劉漢舉

出版　中華書局（香港）有限公司
香港北角英皇道 499 號北角工業大廈一樓 B
電話：（852）2137 2338　傳真：（852）2713 8202
電子郵件：info@chunghwabook.com.hk
網址：http://www.chunghwabook.com.hk

發行　香港聯合書刊物流有限公司
香港新界荃灣德士古道 220-248 號
荃灣工業中心 16 樓
電話：（852）2150 2100　傳真：（852）2407 3062
電子郵件：info@suplogistics.com.hk

版次　1990 年 10 月初版
2022 年 9 月第二版
2024 年 8 月第二版第二次印刷

規格　32 開（190mm×130mm）

ISBN　978-962-231-215-9